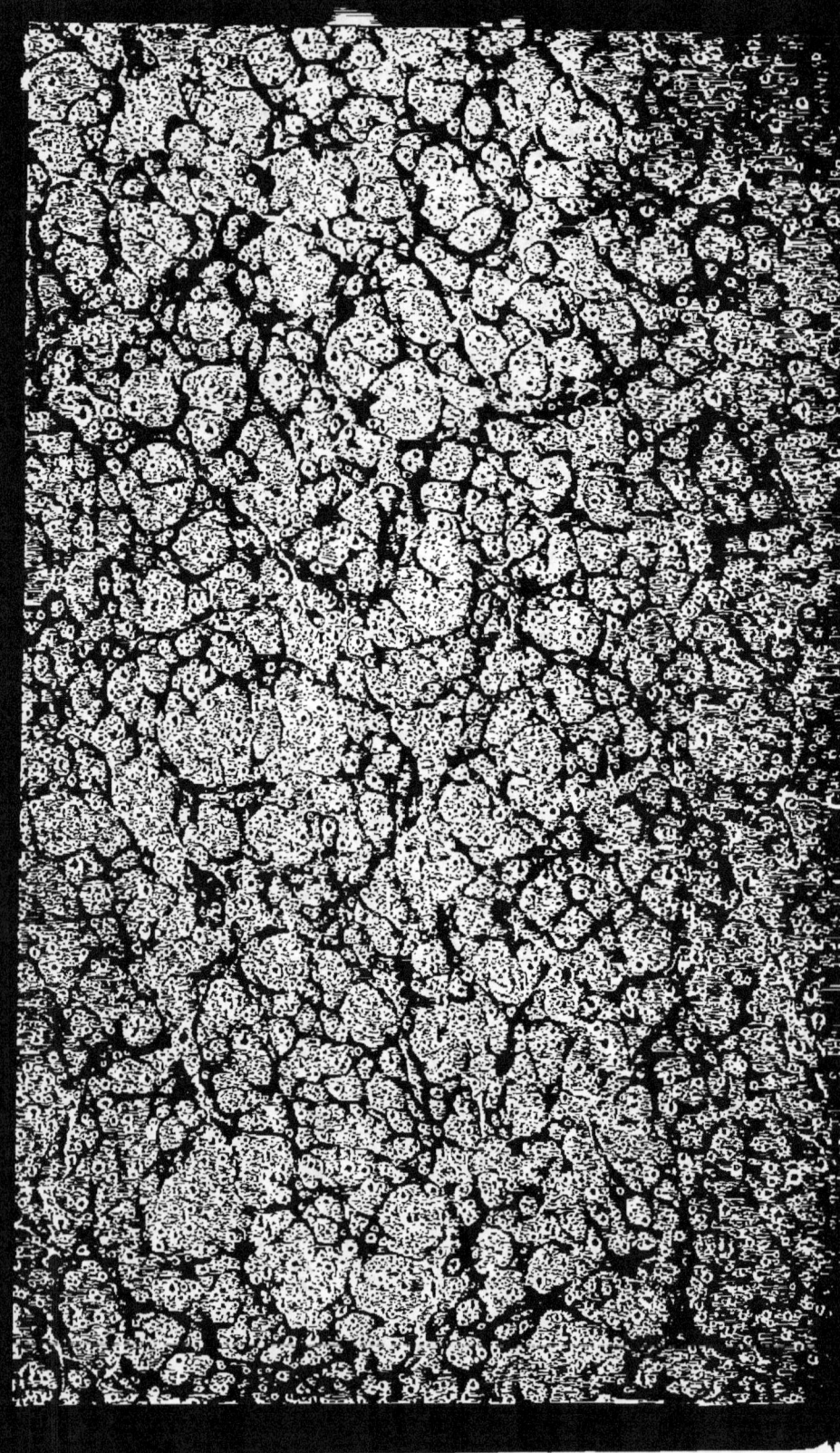

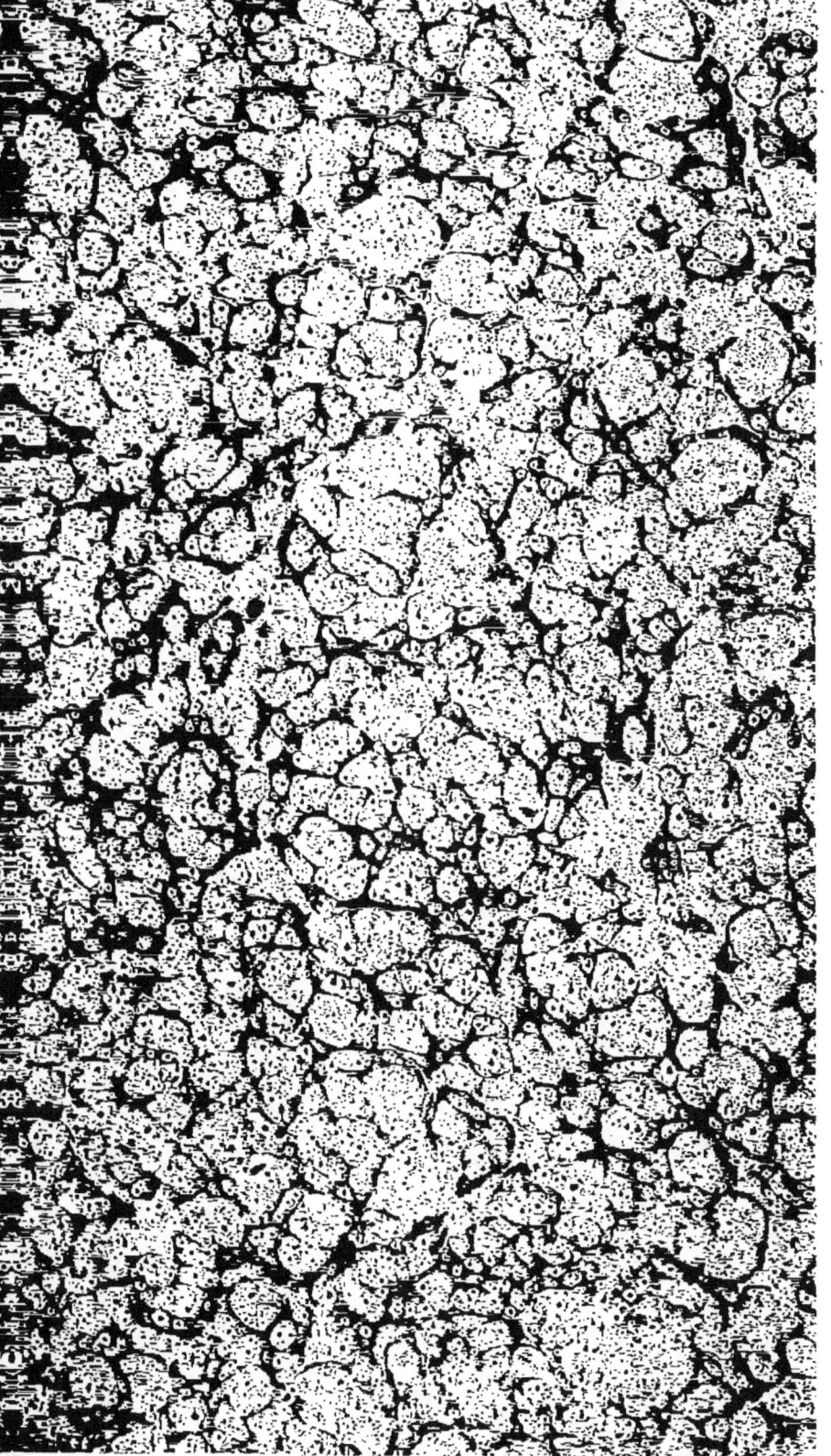

OEUVRES

DE

BEAUMARCHAIS.

TOME III.

MEULAN. — IMPRIMERIE DE A. MARD.

OEUVRES

DE

BEAUMARCHAIS,

PRÉCÉDÉES

D'UNE NOTICE SUR L'AUTEUR,

ET SUIVIES

DE LETTRES INÉDITES.

Nouvelle Edition.

TOME TROISIÈME.

PARIS.

LEBIGRE FRÈRES, LIBRAIRES,

RUE DE LA HARPE, 26.

1836.

LA MÈRE COUPABLE,

OU

L'AUTRE TARTUFE,

DRAME EN CINQ ACTES ET EN PROSE 1797.

PERSONNAGES

LE COMTE ALMAVIVA, grand seigneur espagnol, d'une fierté noble, et sans orgueil

LA COMTESSE ALMAVIVA, très-malheureuse, et d'une angélique piété.

LE CHEVALIER LÉON, leur fils; jeune homme épris de la liberté, comme toutes les âmes ardentes et neuves.

FLORESTINE, pupille et filleule du comte Almaviva; jeune personne d'une grande sensibilité.

M. BÉGEARSS, Irlandais, major d'infanterie espagnole, ancien secrétaire des ambassades du comte; homme très profond et grand machinateur d'intrigues, fomentant le trouble avec art.

FIGARO, valet de chambre, chirurgien et homme de confiance du comte; homme formé par l'expérience du monde et des événemens.

SUZANNE, première camariste de la comtesse, épouse de Figaro; excellente femme, attachée à sa maîtresse, et revenue des illusions du jeune âge.

M. FAL, notaire du comte; homme exact et très-honnête.

GUILLAUME, valet allemand de M. Bégearss; homme trop simple pour un tel maître.

La scène est à Paris, dans l'hôtel occupé par la famille du comte, et se passe à la fin de 1790.

LA MÈRE COUPABLE,

DRAME.

ACTE PREMIER.

Le théâtre représente un salon fort orné.

SCÈNE PREMIÈRE.

SUZANNE, tenant des fleurs obscures, dont elle fait un bouquet.

Que Madame s'éveille et sonne, mon triste ouvrage est achevé. (Elle s'assied avec abandon) A peine il est neuf heures, et je me sens déjà d'une fatigue... Son dernier ordre en la couchant m'a gâté ma nuit tout entière... « Demain, Suzanne, au point du jour, fais apporter beaucoup de fleurs! et garnis-en mes cabinets. — Au portier : — Que, de la journée, il n'entre personne pour moi. — Tu me formeras un bouquet de fleurs noires et rouge foncé, un seul œillet blanc au milieu... » Le voilà. — Pauvre maîtresse! elle pleurait!... Pour qui ce mélange d'apprêts?... Eeeh! si nous étions en Espagne, ce serait aujourd'hui la fête de son fils Léon... (Avec mystère.) et d'un autre homme qui n'est plus! (Elle regarde les fleurs.) Les couleurs du sang et du deuil! (Elle soupire.) Ce cœur blessé ne guérira jamais! — Attachons-le d'un crêpe noir, puisque c'est là sa triste fantaisie! (Elle attache le bouquet.)

SCÈNE II.

SUZNNE, FIGARO, regardant avec mystère. (Cette scène
doit marcher chaudement)

SUZANNE.

Entre donc, Figaro! Tu prends l'air d'un
amant en bonne fortune chez ta femme!

FIGARO.

Peut-on vous parler librement?

SUZANNE.

Oui, si la porte reste ouverte.

FIGARO.

Et pourquoi cette précaution?

SUZANNE.

C'est que l'homme dont il s'agit peut entrer
d'un moment à l'autre.

FIGARO, appuyant.

Honoré-Tartufe. — Bégearss.

SUZANNE.

Et c'est un rendez-vous donné. — Ne t'accou-
tume donc pas à charger son nom d'épithètes;
cela peut se redire, et nuire à tes projets.

FIGARO.

Il s'appelle *Honoré!*

SUZANNE.

Mais non pas *Tartufe.*

FIGARO.

Morbleu!

SUZANNE.

Tu as le ton bien soucieux!

FIGARO.

Furieux! (Elle se lève.) Est-ce là notre conven-
tion? M'aidez-vous franchement, Suzanne, à
prévenir un grand désordre? Serais-tu dupe encore de ce très-méchant homme?

SUZANNE.

Non, mais je crois qu'il se méfie de moi ; il ne
me dit plus rien. J'ai peur, en vérité, qu'il ne
nous croie raccommodés.

FIGARO.

Feignons toujours d'être brouillés.

SUZANNE.

Mais qu'as-tu-donc appris qui te donne une
telle humeur ?

FIGARO.

Recordons-nous d'abord sur les principes. De
puis que nous sommes à Paris, et que M. Alma
viva... (Il faut bien lui donner son nom, puisqu'il ne souffre plus qu'on l'appelle monseigneur...)

SUZANNE, avec humeur.

C'est beau ! et Madame sort sans livrée ! Nous
avons l'air de tout le monde !

FIGARO.

Depuis, dis-je, qu'il a perdu, par une querelle du jeu, son libertin de fils aîné, tu sais
comme tout a changé pour nous ! comme l'humeur du comte est devenue sombre et terrible !

SUZANNE.

Tu n'es pas mal bourru non plus !

FIGARO.

Comme son autre fils paraît lui devenir odieux !

SUZANNE.

Que trop !

FIGARO.

Comme madame est malheureuse !

SUZANNE.

C'est un grand crime qu'il commet !

FIGARO.

Comme il redouble de tendresse pour sa pu-

pille Florestine! Comme il fait, surtout, des efforts pour dénaturer sa fortune!

SUZANNE.

Sais-tu, mon pauvre Figaro, que tu commen-
ces à radoter? Si je sais tout cela : qu'est-il besoin de me le dire?

FIGARO.

Encore faut-il bien s'expliquer pour s'assurer
que l'on s'entend! N'est-il pas avéré pour nous
que cet astucieux Irlandais, le fléau de cette famille, après avoir chiffré, comme secrétaire,
quelques ambassades auprès du comte, s'est em-
paré de leurs secrets à tous? que ce profond machinateur a su les entraîner, de l'indolente Espagne, en ce pays, remué de fond en comble,
espérant y mieux profiter de la désunion où ils
vivent, pour séparer le mari de la femme, épouser la pupille, et envahir les biens d'une maison
qui se délabre?

SUZANNE.

Enfin, moi! que puis-je à cela?

FIGARO.

Ne jamais le perdre de vue; me mettre au
cours de ses démarches.

SUZANNE.

Mais je te rends tout ce qu'il dit.

FIGARO.

Oh! ce qu'il dit... n'est que ce qu'il veut dire!
Mais saisir, en parlant, les mots qui lui échap-
pent, le moindre geste, un mouvement; c'est là
qu'est le secret de l'âme! il se trame ici quelque
horreur! il faut qu'il s'en croie assuré; car je
lui trouve un air... plus faux, plus perfide, et
plus fat; cet air des sots de ce pays, triomphant

avant le succès ! Ne peux-tu être aussi perfide que lui ? l'amadouer, le bercer d'espoir ? quoi qu'il demande, ne pas le refuser ?...

SUZANNE.

C'est beaucoup !

FIGARO.

Tout est bien, et tout marche au but, si j'en suis promptement instruit.

SUZANNE.

... Et si j'en instruis ma maîtresse ?

FIGARO.

Il n'est pas temps encore ; ils sont tous subjugués par lui. On ne te croirait pas ; tu nous perdrais sans les sauver. Suis-le partout, comme son ombre... et moi, je l'épie au-dehors.

SUZANNE.

Mon ami, je t'ai dit qu'il se défie de moi ; et s'il nous surprenait ensemble... Le voilà qui descend... Ferme ! Ayons l'air de nous quereller bien fort. (Elle pose le bouquet sur la table.)

FIGARO, élevant la voix.

Moi je ne le veux pas. Que je t'y prenne une autre fois !...

SUZANNE, élevant la voix.

Certes !... oui, je te crains beaucoup !

FIGARO, feignant de lui donner un soufflet.

Ah ! tu me crains !... Tiens, insolente !

SUZANNE, feignant de l'avoir reçu.

Des coups à moi !... chez ma maîtresse !

SCÈNE III.

LE MAJOR BÉGEARSS, FIGARO, SUZANNE.

BÉGEARSS, en uniforme, un crêpe noir au bras.

Eh mais, quel bruit ! Depuis une heure j'entends disputer de chez moi...

FIGARO, à part.

Depuis une heure!

BÉGEARSS.

Je sors, je trouve une femme éplorée...

SUZANNE, feignant de pleurer.

Le malheureux lève la main sur moi!

BÉGEARSS.

Ah, l'horreur! monsieur Figaro! un galant homme a-t-il jamais frappé une personne de l'autre sexe?

FIGARO, brusquement.

Eh morbleu! monsieur, laissez-nous! je ne suis point *un galant homme*, et cette femme n'est point *une personne de l'autre sexe* : elle est ma femme; une insolente, qui se mêle dans des intrigues, et qui croit pouvoir me braver, parce qu'elle a ici des gens qui la soutiennent. Ah, j'entends la morigéner!...

BÉGÉARSS.

Est-on brutal à cet excès?

FIGARO.

Monsieur, si je prends un arbitre de mes procédés envers elle, ce sera moins vous que tout autre; et vous savez trop bien pourquoi!

BÉGEARSS.

Vous me manquez, monsieur! je vais m'en plaindre à votre maître.

FIGARO, raillant.

Vous manquer! moi? c'est impossible. (Il sort.)

SCÈNE IV.

BÉGEARSS, SUZANNE.

BÉGEARSS.

Mon enfant, je n'en reviens point. Quel est donc le sujet de son emportement?

SUZANNE.

Il m'est venu chercher querelle ; il m'a dit cent
horreurs de vous. Il me défendait de vous voir,
de jamais oser vous parler. J'ai pris votre parti ;
la dispute s'est échauffée ; elle a fini par un soufflet... Voilà le premier de sa vie ; mais moi, je
veux me séparer ; vous l'avez vu...

BÉGEARSS.

Laissons cela. — Quelque léger nuage altérait
ma confiance en toi : mais ce débat l'a dissipé.

SUZANNE.

Sont-ce là vos consolations !

BÉGEARSS.

Va ! c'est moi qui t'en vengerai ! il est bien
temps que je m'acquitte envers toi, ma pauvre
Suzanne ! Pour commencer, apprends un grand
secret... Mais sommes-nous bien sûrs que la
porte est fermée ? (Suzanne y va voir.) (Il dit à part :)
Ah ! si je puis avoir seulement trois minutes l'é-
crin au double fond que j'ai fait faire à la comtesse, où sont ces importantes lettres...

SUZANNE revient.

Eh bien, ce grand secret ?

BÉGEARSS.

Sers ton ami ; ton sort devient superbe. — J'é-
pouse Florestine ; c'est un point arrêté ; son père
le veut absolument.

SUZANNE.

Qui, son père ?

BÉGEARSS, en riant.

Et d'où sors-tu donc ! Règle certaine, mon enfant ; lorsque telle orpheline arrive chez quelqu'un
comme pupille, ou bien comme filleule, elle est
toujours la fille du mari. (D'un ton sérieux.) Bref,
je puis l'épouser... si tu me la rends favorable.

SUZANNE.

Oh ! mais Léon en est très-amoureux.

BÉGEARSS.

Leur fils ? (Froidement,) Je l'en détacherai.

SUZANNE, étonnée.

Ah !... Elle aussi, elle est fort éprise !

BÉGEARSS.

De lui ?...

SUZANNE.

Oui.

BÉGEARSS, froidement.

Je l'en guérirai.

SUZANNE, plus surprise.

Ah, ah !... Madame qui le sait, donne les mains à leur union !

BÉGEARSS, froidement.

Nous la ferons changer d'avis.

SUZANNE, stupéfaite.

Aussi ?... Mais Figaro, si je vois bien, est le confident du jeune homme !

BÉGEARSS.

C'est le moindre de mes soucis. Ne serais-tu pas aise d'en être délivrée ?

SUZANNE.

S'il ne lui arrive aucun mal ?

BÉGEARSS.

Fi donc ! la seule idée flétrit l'austère probité. Mieux instruits sur leurs intérêts, ce sont eux-mêmes qui changeront d'avis.

SUZANNE, incrédule.

Si vous faites cela, monsieur...

BÉGEARSS, appuyant.

Je le ferai. — Tu sens que l'amour n'est pour rien dans un pareil arrangement. (L'air caressant.) Je n'ai jamais vraiment aimé que toi.

SUZANNE, incrédule.

Ah ! si madame avait voulu...

BÉGEARSS.

Je l'aurais consolée sans doute ; mais elle a dédaigné mes vœux !... Suivant le plan que le comte a formé, la comtesse va au couvent.

SUZANNE, vivement.

Je ne me prête à rien contre elle.

BÉGEARSS.

Que diable ! il la sert dans ses goûts ! Je t'entends toujours dire : « Ah ! c'est un ange sur la terre ! »

SUZANNE, en colère.

Eh bien ! faut-il la tourmenter ?

BÉGEARSS, riant.

Non ; mais du moins la rapprocher de ce ciel, la patrie des anges, dont elle est un moment tombée !... Et puisque, dans ces nouvelles et merveilleuses lois, le divorce s'est établi...

SUZANNE, vivement.

Le comte veut s'en séparer ?

BÉGEARSS.

S'il peut.

SUZANNE, en colère.

Ah ! les scélérats d'hommes ! quand on les étranglerait tous !...

BÉGEARSS, riant.

J'aime à croire que tu m'en exceptes ?

SUZANNE.

Ma foi !... pas trop.

BÉGEARSS, riant.

J'adore ta franche colère ; elle met à jour ton bon cœur ! Quant à l'amoureux chevalier, il le destine à voyager long-temps. — Le Figaro, homme expérimenté, sera son discret conduc-

teur. (Il lui prend la main.) Et voici ce qui nous con-
cerne : le comte, Florestine et moi, habiterons
le même hôtel; et la chère Suzanne à nous, chargée de toute la confiance, sera notre surintendant,
commandera la domesticité, aura la grande main
sur tout. Plus de mari, plus de soufflets, plus
de brutal contradicteur; des jours filés d'or, et
de soie, et la vie la plus fortunée !...

SUZANNE.

A vos cajoleries, je vois bien que vous voulez
que je vous serve auprès de Florestine ?

BÉGEARSS, caressant.

A dire vrai, j'ai compté sur tes soins. Tu fus
toujours une excellente femme! J'ai tout le reste
dans ma main; ce point seul est entre les tiennes.
(Vivement.) Par exemple, aujourd'hui tu peux
nous rendre un signalé... (Suzanne l'examine.)

BÉGEARSS se reprend.

Je dis *un signalé* par l'importance qu'il y met.
(Froidement.) Car, ma foi! c'est bien peu de chose!
Le comte aurait la fantaisie... de donner à sa
fille, en signant le contrat, une parure absolument semblable aux diamans de la comtesse. Il ne
voudrait pas qu'on le sût.

SUZANNE, surprise.

Ah, ah...!

BÉGEARSS.

Ce n'est pas trop mal vu! de beaux diamans
terminent bien des choses! Peut-être il va te demander d'apporter l'écrin de sa femme, pour en
confronter les dessins avec ceux du joaillier...

SUZANNE.

Pourquoi comme ceux de Madame? C'est une
idée assez bizarre !

BÉGEARSS.

Il prétend qu'ils soient aussi beaux... Tu sens,
pour moi, combien c'était égal ! Tiens, vois-tu ?
le voici qui vient.

SCÈNE V.

LE COMTE, BÉGEARSS, SUZANNE.

LE COMTE.

Monsieur Bégearss, je vous cherchais.

BÉGEARSS.

Avant d'entrer chez vous, monsieur, je venais
prévenir Suzanne que vous avez dessein de lui demander cet écrin...

SUZANNE.

Au moins, monseigneur, vous sentez...

LE COMTE.

Hé ! laisse-là ton monseigneur ! N'ai-je pas
ordonné en passant dans ce pays-ci... ?

SUZANNE.

Je trouve, monseigneur, que cela nous amoin-
drit.

LE COMTE.

C'est que tu t'entends mieux en vanité qu'en
vrai fierté. Quand on veut vivre dans un pays, il
n'en faut point heurter les préjugés.

SUZANNE.

Eh bien ! monsieur, du moins vous me donnez
votre parole...

LE COMTE, fièrement.

Depuis quand suis-je méconnu ?

SUZANNE.

Je vais donc vous l'aller chercher. (A part.)
Dame ! Figaro m'a dit de ne rien refuser,... !

SCÈNE VI.

LE COMTE, BÉGEARSS.

LE COMTE.

J'ai tranché sur le point qui paraissait l'inquiéter.

BÉGEARSS.

Il en est un, monsieur, qui m'inquiète beaucoup plus ; je vous trouve un air accablé...

LE COMTE.

Te le dirai je, ami ! la perte de mon fils me semblait le plus grand malheur. Un chagrin plus poignant fait saigner ma blessure, et rend ma vie insupportable.

BÉGEARSS.

Si vous ne m'aviez pas interdit de vous contrarier là-dessus, je vous dirais que votre second fils...

LE COMTE, vivement.

Mon second fils ! je n'en ai point !

BÉGEARSS.

Calmez-vous, monsieur ; raisonnons. La perte d'un enfant chéri peut vous rendre injuste envers l'autre, envers votre épouse, envers vous. Est-ce donc sur des conjectures qu'il faut juger de pareils faits ?

LE COMTE.

Des conjectures ? Ah ! j'en suis trop certain ! Mon grand chagrin est de manquer de preuves. —Tant que mon pauvre fils vécut, j'y mettais fort peu d'importance. Héritier de mon nom, de mes places, de ma fortune... que me fait cet autre individu ? Mon froid dédain, un nom de terre, une croix de Malte, une pension, m'auraient

vengé de sa mère et de lui ! Mais conçois-tu mon
désespoir, en perdant un fils adoré, de voir un
étranger succéder à ce rang, à ces titres; et, pour
irriter ma douleur, venir tous les jours me donner le nom odieux de *son père !*

BÉGEARSS.

Monsieur, je crains de vous aigrir en cherchant à vous apaiser; mais la vertu de votre
épouse...

LE COMTE, avec colère.

Ah! ce n'est qu'un crime de plus. Couvrir
d'une vie exemplaire un affront tel que celui-là !
Commander vingt ans par ses mœurs et la piété
la plus sévère, l'estime et le respect du monde;
et verser sur moi seul, par cette conduite affec-
tée, tous les torts qu'entraîne après soi ma prétendue bizarrerie...! Ma haine pour eux s'en
augmente.

BÉGEARSS.

Que vouliez-vous donc qu'elle fît? Même en
la supposant coupable; est-il au monde quelque
faute qu'un repentir de vingt années ne doive
effacer à la fin? Fûtes-vous sans reproche vous-
même! Et cette jeune Florestine, que vous nom-
mez votre pupille, et qui vous touche de plus
près...

LE COMTE.

Qu'elle assure donc ma vengeance ! je dénatu-
rerai mes biens, et les lui ferai tous passer. Déjà
trois millions d'or, arrivés de la Véra-Crux,
vont lui servir de dot; et c'est à toi que je les
donne. Aide-moi seulement à jeter sur ce don un
voile impénétrable. En acceptant mon portefeuille,

et te présentant comme époux, suppose un héritage, un legs de quelque parent éloigné...

BÉGEARSS, montrant le crêpe de son bras.

Voyez que pour vous obéir je me suis déjà mis
en deuil.

LE COMTE.

Quand j'aurai l'agrément du roi pour l'échange
entamé de toutes mes terres d'Espagne contre des
biens dans ce pays, je trouverai moyen de vous en
assurer la possession à tous deux.

BÉGEARSS, vivement.

Et moi, je n'en veux point. Croyez-vous que,
sur des soupçons... peut-être encore très-peu
fondés, j'irai me rendre le complice de la spo-
liation entière de l'héritier de votre nom? d'un
jeune homme plein de mérite; car il faut avouer
qu'il en a...

LE COMTE, impatienté.

Plus que mon fils, voulez-vous dire? Chacun
le pense comme vous; cela m'irrite contre lui!...

BÉGEARSS.

Si votre pupille m'accepte, et si, sur vos grands
biens, vous prélevez, pour la doter, ces trois
millions d'or du Mexique, je ne supporte point
l'idée d'en devenir propriétaire, et ne les rece-
vrai qu'autant que le contrat en contiendra la
donation que mon amour sera censé lui faire.

LE COMTE le serre dans ses bras.

Loyal et franc ami! quel époux je donne à ma
fille!...

SCÈNE VII.

LE COMTE, BÉGEARSS, SUZANNE.

SUZANNE.

Monsieur, voilà le coffre aux diamans ; ne le gardez pas trop long-temps ; que je puisse le remettre en place avant qu'il soit jour chez Madame.

LE COMTE.

Suzanne, en t'en allant, défends qu'on entre, à moins que je ne sonne.

SUZANNE, à part.

Avertissons Figaro de ceci. (Elle sort.)

SCÈNE VIII.

LE COMTE, BÉGEARSS.

BÉGEARSS.

Quel est votre projet sur l'examen de cet écrin ?

LE COMTE tire de sa poche un bracelet entouré de brillans.

Je ne veux plus te déguiser tous les détails de mon affront ; écoute. Un certain Léon d'Astorga, qui fut alors mon page, et que l'on nommait Chérubin...

BÉGEARSS.

Je l'ai connu, nous servions dans le régiment dont je vous dois d'être major. Mais il y a vingt ans qu'il n'est plus.

LE COMTE.

C'est ce qui fonde mon soupçon. Il eut l'audace de l'aimer. Je la crus éprise de lui ; je l'éloignai d'Andalousie, par un emploi dans ma légion. — Un an après la naissance du fils... qu'un combat détesté m'enlève (Il met la main sur ses yeux) ; lorsque je m'embarquai vice-roi du Mexique, au lieu de rester à Madrid, ou dans mon palais

à Séville, ou d'habiter Aguas-Frécas, qui est
un superbe séjour ; quelle retraite, ami, crois-tu
que ma femme choisit ? Le vilain château d'Astorga, chef-lieu d'une méchante terre que j'avais
achetée des parens de ce page. C'est là qu'elle a
voulu passer les trois années de mon absence ;
qu'elle y a mis au monde... (après neuf ou dix
mois, que sais-je ?) ce misérable enfant, qui porte
les traits d'un perfide ? Jadis, lorsqu'on m'avait
peint pour le bracelet de la comtesse, le peintre
ayant trouvé ce page fort joli, désira d'en faire
une étude ; c'est un des beaux tableaux de mon
cabinet...

BÉGEARSS.

Oui... (Il baisse les yeux.) à telles enseignes que
votre épouse....

LE COMTE, vivement.

Ne veut jamais le regarder ? Eh bien ! sur ce
portrait, j'ai fait faire celui-ci, dans ce bracelet,
pareil en tout au sien, fait par le même joaillier
qui monta tous ses diamans. Je vais le substituer
à la place du mien. Si elle en garde le silence,
vous sentez que ma preuve est faite. Sous quelque forme qu'elle en parle, une explication sévère éclaircit ma honte à l'instant.

BÉGEARSS.

Si vous demandez mon avis, monsieur, je
blâme un tel projet.

LE COMTE.

Pourquoi ?

BÉGEARSS.

L'honneur répugne à de pareils moyens. Si
quelque hasard, heureux ou malheureux, vous
eût présenté certains faits, je vous excuserais de

les approfondir. Mais tendre un piége ! des sur-
prises ! Eh ! quel homme un peu délicat voudrait prendre un tel avantage sur son plus mor-
tel ennemi ?

LE COMTE.

Il est trop tard pour reculer ; le bracelet est
fait, le portrait du page est dedans...

BÉGEARSS prend l'écrin.

Monsieur, au nom du véritable honneur...

LE COMTE a enlevé le bracelet de l'écrin.

Ah ! mon cher portrait, je te tiens ! J'aurai du
moins la joie d'en orner le bras de ma fille, cent
fois plus digne de le porter... (Il y substitue l'autre.)

BÉGEARSS feint de s'y opposer. Ils tirent chacun l'écrin de leur
côté ; Bégearss fait ouvrir adroitement le double fond, et dit
avec colère.

Ah ! voilà la boîte brisée !

LE COMTE, regarde.

Non ; ce n'est qu'un secret que le débat a fait
ouvrir. Ce double fond renferme des papiers !

BÉGEARSS, s'y opposant.

Je me flatte, monsieur, que vous n'abuserez
point...

LE COMTE, impatient.

« Si quelque heureux hasard vous eût présenté
certains faits, me disais-tu dans le moment, je
vous excuserais de les approfondir... » Le hasard
me les offre, et je vais suivre ton conseil. (Il arrache les papiers.)

BÉGEARSS, avec chaleur.

Pour l'espoir de ma vie entière, je ne voudrais
pas devenir complice d'un tel attentat ! Remettez
ces papiers, monsieur, ou souffrez que je me retire. (Il s'éloigne.)

LE COMTE tient des papiers et lit. Bégearss le regarde en dessous, et s'applaudit secrètement.

(Avec fureur.) Je n'en veux pas apprendre davantage; renferme tous les autres, et moi je garde celui-ci.

BÉGEARSS.

Non; quel qu'il soit, vous avez trop d'honneur pour commettre une...

LE COMTE, fièrement.

Une...? Achevez; tranchez le mot, je puis l'entendre.

BÉGEARSS, se courbant.

Pardon, monsieur, mon bienfaiteur, et n'imputez qu'à ma douleur l'indécence de mon reproche.

LE COMTE.

Loin de t'en savoir mauvais gré, je t'en estime davantage. (Il se jette sur un fauteuil.) Ah! perfide Rosine... Car, malgré mes légèretés, elle est la seule pour qui j'aie éprouvé... J'ai subjugué les autres femmes! Ah! je sens à ma rage combien cette indigne passion!... Je me déteste de l'aimer!

BÉGEARSS.

Au nom de Dieu, monsieur, remettez ce fatal papier.

SCÈNE IX.

LE COMTE, BÉGEARSS, FIGARO.

LE COMTE se lève.

Homme importun! que voulez-vous?

FIGARO.

J'entre, parce qu'on a sonné.

LE COMTE, en colère.

J'ai sonné? valet curieux!...

FIGARO.

Interrogez le joaillier, qui l'a entendu comme moi.

LE COMTE.

Mon joaillier! que me veut-il?

FIGARO.

Il dit qu'il a un rendez-vous pour un bracelet qu'il a fait. (Bégearss, s'apercevant qu'il cherche à voir l'écrin qui est sur la table, fait ce qu'il peut pour le masquer.)

LE COMTE.

Ah!... qu'il revienne un autre jour.

FIGARO, avec malice.

Mais pendant que Monsieur a l'écrin de Madame ouvert, il serait peut-être à propos...

LE COMTE, en colère.

Monsieur l'inquisiteur! partez; et s'il vous échappe un seul mot...

FIGARO.

Un seul mot? J'aurais trop à dire; je ne veux rien faire à demi. (Il examine l'écrin, le papier que tient le comte, lance un fier coup d'œil à Bégearss, et sort.)

SCÈNE XI.

LE COMTE, BÉGEARSS.

LE COMTE.

Refermons ce perfide écrin.... J'ai la preuve que je cherchais. Je la tiens, j'en suis désolé; pourquoi l'ai-je trouvée? Ah, Dieu! lisez, M. Bégearss.

BÉGEARSS, repoussant le papier.

Entrer dans de pareils secrets! Dieu préserve qu'on m'en accuse!

LE COMTE.

Quelle est donc la sèche amitié qui repousse mes confidences? Je vois qu'on n'est compatissant que pour les maux qu'on éprouve soi-même.

BÉGARSS.

Quoi! pour refuser ce papier?.... (Vivement.) Serrez-le donc; voici Suzanne. (Il referme vite le secret de l'écrin. Le comte met la lettre dans sa veste, sur sa poitrine.)

SCÈNE XI.

LE COMTE, BÉGEARSS, SUZANNE.

(Le comte est accablé.)

SUZANNE accourt.

L'écrin, l'écrin! Madame sonne.

BÉGEARSS le lui donne.

Suzanne, vous voyez que tout y est en bon état.

SUZANNE.

Qu'a donc monsieur? il est troublé!

BÉGEARSS.

Ce n'est rien qu'un peu de colère contre votre indiscret mari, qui est entré malgré ses ordres.

SUZANNE, finement.

Je l'avais dit pourtant de manière à être entendue. (Elle sort)

SCÈNE XII.

LE COMTE, LÉON, BÉGEARSS.

LE COMTE veut sortir, il voit entrer Léon.

Voici l'autre!

LÉON, timidement, veut embrasser le comte.

Mon père, agréez mon respect; avez-vous bien passé la nuit?

LE COMTE, sèchement, le repousse.

Où fûtes-vous, monsieur, hier au soir?

LÉON.

Mon père, on me mena dans une assemblée estimable....

LE COMTE.

Où vous fîtes une lecture?

LÉON.

On m'invita d'y lire un essai que j'ai fait sur l'abus des vœux monastiques, et le droit de s'en relever.

LE COMTE, amèrement.

Les vœux des chevaliers en sont?

BÉGEARSS.

Qui fut, dit-on, très-applaudi?

LÉON.

Monsieur, on a montré quelque indulgence pour mon âge.

LE COMTE.

Donc, au lieu de vous préparer à partir pour vos caravanes, à bien mériter de votre ordre, vous vous faites des ennemis. Vous allez composant, écrivant sur le ton du jour?... Bientôt on ne distinguera plus un gentilhomme d'un savant!

LÉON, timidement.

Mon père, on en distinguera mieux un ignorant d'un homme instruit, et l'homme libre de l'esclave.

LE COMTE.

Discours d'enthousiaste! on voit où vous en voulez venir. (Il veut sortir.)

LÉON.

Mon père!...

LE COMTE, dédaigneux.

Laissez à l'artisan des villes ces locutions triviales; les gens de notre état ont un langage plus

élevé. Qui est-ce qui dit *mon père*, à la cour ?
Monsieur, appelez-moi *monsieur !* Vous sentez
l'homme du commun ! Son père !... (Il sort ; Léon
le suit en regardant Bégearss qui lui fait un geste de compassion.)
Allons, monsieur Bégearss, allons !

ACTE SECOND.

Le théâtre représente la bibliothèque du comte.

SCÈNE PREMIÈRE.

LE COMTE.

Puisque enfin je suis seul, lisons cet étonnant
écrit, qu'un hasard presque inconcevable a fait
tomber dans mes mains. (Il tire de son sein la lettre de
l'écrin, et la lit en pesant sur tous les mots.)«Malheureux
insensé ! notre sort est rempli. La surprise noc-
turne que vous avez osé me faire, dans un château où vous fûtes élevé, dont vous connaissiez
les détours ; la violence qui s'en est suivie ; enfin
votre crime,... le mien,... (Il s'arrête.) le mien reçoit sa juste punition. Aujourd'hui, jour de saint
Léon, patron de ce lieu et le vôtre, je viens de
mettre au monde un fils, mon opprobre et mon
désespoir. Grâce à de tristes précautions, l'honneur est sauf ; mais la vertu n'est plus... Con-
damnée désormais à des larmes intarissables, je
sens qu'elles n'effaceront point un crime... dont
l'effet reste subsistant. Ne me voyez jamais : c'est
l'ordre irrévocable de la misérable Rosine... qui
n'ose plus signer un autre nom. (Il porte ses mains

avec la lettre à son front, et se promène.) Qui n'ose plus signer un autre nom...» Ah ! Rosine ! où est le temps...! Mais tu t'es avilie !... (Il s'agite.) Ce n'est point là l'écrit d'une méchante femme ! Un misérable corrupteur... Mais voyons la réponse écrite sur la même lettre. (Il lit.) « Puisque je ne dois plus vous voir, la vie m'est odieuse, et je vais la perdre avec joie dans la vive attaque d'un fort, où je ne suis point commandé.

« Je vous renvoie tous vos reproches, le portrait que j'ai fait de vous, et la boucle de cheveux que je vous dérobai. L'ami qui vous rendra ceci quand je ne serai plus est sûr. Il a vu tout mon désespoir. Si la mort d'un infortuné vous inspirait un reste de pitié, parmi les noms qu'on va donner à l'héritier... d'un autre plus heureux...! puis-je espérer que le nom de Léon vous rappellera quelquefois le souvenir du malheureux... qui expire en vous adorant, et signe pour la dernière fois, CHÉRUBIN LÉON, d'Astorga. »

... Puis en caractères sanglans...! « Blessé à mort, je rouvre cette lettre, et vous écris avec mon sang ce douloureux, cet éternel adieu. Souvenez-vous... »

Le reste est effacé par des larmes... (Il s'agite.) Ce n'est point là non plus l'écrit d'un méchant homme ! Un malheureux égarement... (Il s'assied et reste absorbé.) Je me sens déchiré !

SCÈNE. II.

LE COMTE, BÉGEARSS.

(Bégearss, en entrant, s'arrête, le regarde, et se mord le doigt
avec mystère.)

LE COMTE.

Ah ! mon cher ami, venez donc !... vous me
voyez dans un accablement...

BÉGEARSS.

Très-effrayant, monsieur ; je n'osais avancer.

LE COMTE.

Je viens de lire cet écrit. Non, ce n'étaient
point là des ingrats ni des monstres ; mais de
malheureux insensés, comme ils se le disent eux-
mêmes...

BÉGEARSS.

Je l'ai présumé comme vous.

LE COMTE se lève et se promène.

Les misérables femmes, en se laissant séduire,
ne savent guère les maux qu'elles apprêtent....
Elles vont, elles vont... les affronts s'accumu-
lent... et le monde injuste et léger accuse un
père qui se tait, qui dévore en secret ses peines!...
On le taxe de dureté pour les sentimens qu'il re-
fuse au fruit d'un coupable adultère!... Nos désordres, à nous, ne leur enlèvent presque rien ;
ne peuvent du moins leur ravir la certitude d'ê-
tre mères, ce bien inestimable de la maternité !
tandis que leur moindre caprice, un goût, une
étourderie légère, détruit dans l'homme le bonheur... le bonheur de toute sa vie, la sécurité
d'être père. — Ah ! ce n'est point légèrement
qu'on a donné tant d'importance à la fidélité des
femmes ! Le bien, le mal de la société, sont at=

tachées à leur conduite ; le paradis ou l'enfer des familles dépend à tout jamais de l'opinion qu'elles ont donnée d'elles.

BÉGEARSS.

Calmez-vous ; voici votre fille.

SCÈNE III.

LE COMTE, FLORESTINE, BÉGEARSS.

FLORESTINE, un bouquet au côté.

On vous disait, monsieur, si occupé, que je n'ai pas osé vous fatiguer de mon respect.

LE COMTE.

Occupé de toi, mon enfant ! *ma fille !* Ah ! je me plais à te donner ce nom ; car j'ai pris soin de ton enfance. Le mari de ta mère était fort dérangé : en mourant il ne laissa rien. Elle-même, en quittant la vie, t'a recommandée à mes soins. Je lui engageai ma parole ; je la tiendrai, ma fille, en te donnant un noble époux. Je te parle avec liberté devant cet ami qui nous aime. Regarde autour de toi ; choisis ! ne trouves-tu personne ici digne de posséder ton cœur ?

FLORESTINE, lui baisant la main.

Vous l'avez tout entier, monsieur ; et si je me vois consultée, je répondrai que mon bonheur est de ne point changer d'état. Monsieur votre fils, en se mariant... car, sans doute, il ne restera plus dans l'ordre de Malte aujourd'hui) ; monsieur votre fils, en se mariant, peut se séparer de son père. Ah ! permettez que ce soit moi qui prenne soin de vos vieux jours ! c'est un devoir, monsieur, que je remplirai avec joie.

LE COMTE.

Laisse, laisse *monsieur* réservé pour l'indifférence ; on ne sera point étonné qu'une enfant si reconnaissante me donne un nom plus doux ! appelle-moi ton père.

BÉGEARSS.

Elle est digne, en honneur, de votre confidence entière... Mademoiselle, embrassez ce bon, ce tendre protecteur. Vous lui devez plus que vous ne pensez. Sa tutelle n'est qu'un devoir. Il fut l'ami... l'ami secret de votre mère... et, pour tout dire en un seul mot....

SCÈNE IV.

LE COMTE, LA COMTESSE, BÉGEARSS, FLORESTINE, FIGARO.

(La comtesse est en robe à peigner.)

FIGARO, annonçant.

Madame la comtesse.

BÉGEARSS jette un regard furieux sur Figaro. (A part.)

Au diable le faquin !

LA COMTESSE, au comte.

Figaro m'avait dit que vous vous trouviez mal : effrayée, j'accours, et je vois...

LE COMTE.

... Que cet homme officieux vous a fait encore un mensonge.

FIGARO.

Monsieur, quand vous êtes passé, vous aviez un air si défait... heureusement il n'en est rien. (Bégearss l'examine.)

LA COMTESSE.

Bonjour, monsieur Bégearss... Te voilà, Florestine ; je te trouve radieuse... Mais voyez donc comme elle est fraîche et belle ! Si le ciel m'eût donné une fille, je l'aurais voulue comme toi, de

figure et de caractère. Il faudra bien que tu m'en
tiennes lieu. Le veux-tu, Florestine.

FLORESTINE, lui baisant la main.

Ah ! madame...

LA COMTESSE.

. Qui t'a donc fleurie si matin ?

FLORESTINE, avec joie.

Madame, on ne m'a point fleurie ; c'est moi
qui ai fait des bouquets. N'est-ce pas aujourd'hui
Saint-Léon ?

LA COMTESSE.

Charmante enfant, qui n'oublie rien ! (Elle la
baise au front. Le comte fait un geste terrible. Bégearss le retient.) (A Figaro.) Puisque nous voilà rassemblés,
avertissez mon fils que nous prendrons ici le cho-
colat.

FLORESTINE.

Pendant qu'ils vont le préparer, mon parrain,
faites-nous donc voir ce beau buste de Washington, que vous avez, dit-on, chez vous.

LE COMTE.

J'ignore qui me l'envoie ; je ne l'ai demandé à
personne ; et, sans doute, il est pour Léon ; il est
beau ; je l'ai là dans mon cabinet : venez tous.
(Bégearss, en sortant le dernier, se retourne deux fois pour
examiner Figaro, qui le regarde de même. Ils ont l'air de se
menacer sans parler.)

SCÈNE V.

FIGARO, rangeant la table et les tasses pour le déjeuner.

Serpent, ou basilic ! tu peux me mesurer, me
lancer des regards affreux ! Ce sont les miens qui
te tueront !.... Mais où reçoit-il ses paquets ? il
ne vient rien pour lui de la poste à l'hôtel !

2.

Est-il monté seul de l'enfer?.... Quelque autre
diable correspond! et moi, je ne puis découvrir...

SCÈNE VI.

FIGARO, SUZANNE.

SUZANNE accourt, regarde, et dit très vivement à l'oreille de
Figaro.

C'est lui que la pupille épouse — Il a la pro-
messe du comte.—Il guérira Léon de son amour.
— Il détachera Florestine. — Il fera consentir
Madame.—Il te chasse de la maison.—Il cloître
ma maîtresse en attendant que l'on divorce. —
Fait déshériter le jeune homme, et me rend
maîtresse de tout. Voilà les nouvelles du jour.
(Elle s'enfuit.)

SCÈNE VII.

FIGARO.

Non, s'il vous plaît, monsieur le major! nous
compterons ensemble auparavant. Vous appren-
drez de moi qu'il n'y a que les sots qui triom-
phent. Grâce à l'Ariane-Suzon, je tiens le fil du
labyrinthe, et le Minautaure est cerné... Je t'en-
velopperai dans tes piéges, et te démasquerai si
bien...! Mais quel intérêt assez pressant lui fait
faire une telle école, desserre les dents d'un tel
homme? S'en croirait-il assez sûr pour...? La sot-
tise et la vanité sont compagnes inséparables!
Mon politique babille et se confie! Il a perdu le
coup. Y a faute!

SCÈNE VIII.

GUILLAUME, FIGARO.

GUILLAUME, avec une lettre.

Meissieir Bégearss! Ché vois qu'il est pas pour ici?

FIGARO, rangeant le déjeuner.

Tu peux l'attendre! il va rentrer.

GUILLAUME, reculant

Meingoth! ch'attendrai pas meissieir en gom-hagnie té vous! Mon maître il voudrait point, jé rhure.

FIGARO.

Il te le défend? eh bien! donne la lettre; je vais la lui remettre en rentrant.

GUILLAUME, reculant.

Pas plis à vous té lettres! Oh, tiable! il voudra pientôt me jasser.

FIGARO, à part.

Il faut pomper le sot.—Tu... viens de la poste, je crois?

GUILLAUME.

Tiable! non, ché viens pas.

FIGARO.

C'est sans doute quelque missive du gentle-men... du parent irlandais dont il vient d'héri-ter? Tu sais cela, toi, bon Guillaume?

GUILLAUME, riant niaisement.

Lettre d'un qu'il est mort, meissieir! non, ché vous prie! celui-là, ché crois pas, partié! ce sera pien plitôt d'un autre. Peut-être il vien-drait d'un qu'ils sont-là... pas contens, dehors.

FIGARO.

D'un de nos mécontens, dis-tu?

GUILLAUME.

Oui ; mais ch'assure pas...

FIGARO, à part.

Cela se peut ; il est fourré dans tout. (A Guillaume.)
On pourrait voir au timbre, et s'assurer...

GUILLAUME.

C'hassure pas ; pourquoi ? les lettres il vient
chez M. O-Connor ; et puis, je sais pas quoi c'est
timpré, moi.

FIGARO, vivement.

O-Connor, banquier irlandais ?

GUILLAUME.

Mon foi.

FIGARO revient à lui, froidement.

Ici près, derrière l'hôtel ?

GUILLAUME.

Ein fort choli maison, partié ! tes chens très...
beaucoup gracieux, si j'osse dire. (Il se retire à l'écart.)

FIGARO, à lui-même.

O fortune ! O bonheur !

GUILLAUME, revenant.

Parle pas, fous, de s'té banquier, pour personne : entende-fous ? ch'aurais pas dû... Tar-
taïfle ! (Il frappe du pied.)

FIGARO.

Va, je n'ai garde ; ne crains rien.

GUILLAUME.

Mon maître, il dit, meissieir, vous âfre tout
l'esprit, et moi pas... Alors c'est chuste... Mais,
peut-être ché suis mécontent d'avoir dit à fous...

FIGARO.

Et pourquoi ?

GUILLAUME.

Ché sais pas. — La valet trahir, voye-fous...

l'être un péché qu'il est parpare, vil, et même...
puéril.

FIGARO.

Il est vrai ; mais tu n'as rien dit.

GUILLAUME, désolé.

Mon Thié ! Mon Thié ! ché sais pas, là...
quoi tire... ou non... (Il se retire en soupirant.) Ah !
(Il regarde niaisement les livres de la bibliothèque.)

FIGARO, à part.

Quelle découverte ! Hasard ! je te salue ! (Il cherche ses tablettes.) Il faut pourtant que je démêle
comment un homme si caverneux s'arrange d'un
tel imbécile...! De même que les brigands redou-
tent les réverbères... Oui, mais un sot est un
fallot ; la lumière passe à travers. (Il dit en écrivant
sur ses tablettes:) O-Connor, banquier irlandais.
C'est là qu'il faut que j'établisse mon noir comité
de recherches. Ce moyen-là n'est pas trop cons-
titutionnel ; *ma ! per dio !* l'utilité ! Et puis, j'ai
mes exemples ! (Il écrit.) Quatre ou cinq louis d'or
au valet chargé du détail de la poste, pour ouvrir dans un cabaret chaque lettre de l'écriture
d'Honoré-Tartufe Bégearss... Monsieur le Tartufe honoré ! vous cesserez enfin de l'être ! Un
dieu m'a mis sur votre piste. (Il serre ses tablettes.)
Hasard ! dieu méconnu ! les anciens t'appelaient
Destin ! nos gens te donnent un autre nom...

SCÈNE IX.

LE COMTE, LA COMTESSE, BÉGEARSS, FLORES-
TINE, FIGARO, GUILLAUME.

BÉGEARSS aperçoit Guillaume, et dit avec humeur en lui prenant la lettre.

Ne peux-tu pas me les garder chez moi ?

GUILLAUME.

Ché crois celui-ci, c'est tout comme... (Il sort.)

LA COMTESSE au comte.

Monsieur, ce buste est un très-beau morceau : votre fils l'a-t-il vu ?

BÉGEARSS, la lettre ouverte.

Ah ! lettre de Madrid ! du secrétaire du ministre ! Il y a un mot qui vous regarde. (Il lit.) « Dites au comte Almaviva que le courrier qui part demain lui porte l'agrément du roi pour l'échange de toutes ses terres. » (Figaro écoute, et se fait, sans parler, un signe d'intelligence.)

LA COMTESSE.

Figaro ! dis donc à mon fils que nous déjeunons tous ici.

FIGARO.

Madame, je vais l'avertir. (Il sort.)

SCÈNE X.

LE COMTE, LA COMTESSE, BÉGEARSS, FLORESTINE.

LE COMTE, à Bégearss.

J'en veux donner avis sur-le-champ à mon acquéreur. Envoyez-moi du thé dans mon arrière-cabinet.

FLORESTINE.

Bon papa, c'est moi qui vous le porterai.

LE COMTE, bas à Florestine.

Pense beaucoup au peu que je t'ai dit. (Il la baise au front et sort.)

SCÈNE XI.

LÉON, LA COMTESSE, BÉGEARSS, FLORESTINE.

LÉON, avec chagrin.

Mon père s'en va quand j'arrive ! il m'a traité
avec une rigueur...

LA COMTESSE, sévèrement.

Mon fils, quels discours tenez-vous? dois-je me
voir toujours froissée par l'injustice de chacun ?
Votre père a besoin d'écrire à la personne qui
échange ses terres.

FLORESTINE, gaîment.

Vous regrettez votre papa ? nous aussi nous le
regrettons. Cependant, comme il sait que c'est
aujourd'hui votre fête, il m'a chargée, monsieur, de vous présenter ce bouquet. (Elle lui fait
une grande révérence.)

LÉON, pendant qu'elle l'ajuste à sa boutonnière.

Il n'en pouvait prier quelqu'un qui me rendît
ses bontés aussi chères... (Il l'embrasse.)

FLORESTINE, se débattant.

Voyez, madame, si jamais on peut badiner
avec lui, sans qu'il abuse au même instant...

LA COMTESSE, souriant.

Mon enfant, le jour de sa fête on peut lui
passer quelque chose.

FLORESTINE, baissant les yeux.

Pour l'en punir, madame, faites-lui lire le
discours qui fut, dit-on, tant applaudi hier à
l'assemblée.

LÉON.

Si maman juge que j'ai tort, j'irai chercher
ma pénitence.

FLORESTINE.

Ah ! madame ! ordonnez-le-lui.

LA COMTESSE.

Apportez-nous, mon fils, votre discours : moi, je vais prendre quelque ouvrage, pour l'écouter avec plus d'attention.

FLORESTINE, gaîment.

Obstiné ! c'est bien fait, et je l'entendrai malgré vous.

LÉON, tendrement.

Malgré moi, quand vous l'ordonnez ? Ah ! Florestine, j'en défie ! (La comtesse et Léon sortent chacun de leur côté.)

SCÈNE XII.

BÉGEARSS, FLORESTINE.

BÉGEARSS, bas.

Eh bien ! mademoiselle, avez-vous deviné l'époux qu'on vous destine !

FLORESTINE, avec joie.

Mon cher monsieur Bégearss ! vous êtes à tel point notre ami, que je me permettrai de penser tout haut avec vous. Sur qui puis-je porter les yeux ? Mon parrain m'a bien dit : « Regarde autour de toi ; choisis. » Je vois l'excès de sa bonté : ce ne peut-être que Léon. Mais moi, sans biens, dois-je abuser…..?

BÉGEARSS, d'un ton terrible.

Qui ? Léon ! son fils ? votre frère ?

FLORESTINE, avec un cri douloureux.

Ah ! monsieur !…

BÉGEARSS.

Ne vous a-t-il pas dit : Appelle-moi ton père ? Réveillez-vous, ma chère enfant ! écartez un songe trompeur, qui pouvait devenir funeste.

FOLRESTINE.

Ah! oui ; funeste pour tous deux !

AÉGEARSS.

Vous sentez qu'un pareil secret doit rester caché dans votre âme. (Il sort en la regardant.)

SCÈNE XIII.

FLORESTINE, pleurant.

O ciel! il est mon frère, et j'ose avoir pour lui...
Quel coup d'une lumière affreuse! et dans un
tel sommeil qu'il est cruel de s'éveiller! (Elle tombe
accablée sur un siége.)

SCÈNE III.

LÉON, un papier à la main; **FLORESTINE.**

LÉON, joyeux, à part,

Maman n'est pas rentrée, et M. Bégearss est
sorti : profitons d'un moment heureux. — Florestine ! vous êtes ce matin, et toujours, d'une
beauté parfaite ; mais vous avez un air de joie,
un ton aimable de gaîté, qui ranime mes espérances.

FLORESTINE, au désespoir.

Ah! Léon... (Elle retombe.)

LÉON.

Ciel! vos yeux noyés de larmes et votre visage défait m'annoncent quelque grand malheur!

FLORESTINE.

Des malheurs? Ah! Léon, il n'y en a plus
que pour moi.

LÉON.

Floresta, ne m'aimez-vous plus? lorsque mes
sentimens pour vous...

FLORESTINE, d'un ton absolu.

Vos sentimens ? ne m'en parlez jamais.

LÉON.

Quoi ! l'amour le plus pur...

FLORESTINE, au désespoir.

Finissez ces cruels discours, où je vais vous fuir à l'instant.

LÉON.

Grand Dieu! qu'est-il donc arrivé? M. Bégearss vous a parlé, mademoiselle ; je veux savoir ce que vous a dit ce Bégearss.

SCÈNE XV.

LÉON, LA COMTESSE, FLORESTINE.

LÉON continue.

Maman, venez à mon secours. Vous me voyez au désespoir; Florestine ne m'aime plus.

FLORESTINE, pleurant.

Moi, madame, ne plus l'aimer ! Mon parrain, vous et lui, c'est le cri de ma vie entière.

LA COMTESSE.

Mon enfant, je n'en doute pas. Ton cœur excellent m'en répond. Mais de quoi donc s'afflige-t-il?

LÉON.

Maman, vous approuvez l'ardent amour que j'ai pour elle ?

FLORESTINE, se jetant dans les bras de la comtesse.

Ordonnez-lui donc de se taire ! (En pleurant.) Il me fait mourir de douleur !

LA COMTESSE.

Mon enfant, je ne t'entends point. Ma surprise égale la sienne... Elle frissonne entre mes bras ! Qu'a-t-il donc fait qui puisse te déplaire ?

FLORESTINE, se renversant sur elle.

Madame, il ne me déplaît point. Je l'aime et

le respecte à l'égal de mon frère ; mais qu'il n'exige rien de plus.

LÉON.

Vous l'entendez, maman ! Cruelle fille ! expliquez-vous.

FLORESTINE.

Laissez-moi, laissez-moi, ou vous me causerez la mort.

SCÈNE XVI.

LÉON, LA COMTESSE, FLORESTINE ; FIGARO, arrivant avec l'équipage du thé ; SUZANNE, de l'autre côté, avec un métier de tapisserie.

LA COMTESSE.

Remporte tout, Suzanne : il n'est pas plus question de déjeuner que de lecture. Vous, Figaro, servez du thé à votre maître ; il écrit dans son cabinet. Et toi, ma Florestine, viens dans le mien rassurer ton amie. Mes chers enfans je vous porte en mon cœur ! — Pourquoi l'affligez-vous l'un après l'autre sans pitié ! Il y a ici des choses qu'il m'est important d'éclaircir. (Elles Sortent.)

SCÈNE XVII.

LÉON, FIGARO, SUZANNE.

SUZANNE, à Figaro.

Je ne sais pas de quoi il est question : mais je parierais bien que c'est là du Bégearss tout pur. Je veux absolument prémunir ma maîtresse.

FIGARO.

Attends que je sois plus instruit ; nous nous concerterons ce soir. Oh ! j'ai fait une découverte....

SUZANNE.

Et tu me le diras ? (Elle sort.)

SCÈNE XVIII.

LÉON, FIGARO.

LÉON, désolé.

Ah, dieux !

FIGARO.

De quoi s'agit-il donc, monsieur?

LÉON.

Hélas! je l'ignore moi-même. Jamais je n'avais vu Floresta de si belle humeur, et je savais qu'elle avait eu un entretien avec mon père. Je la laisse un instant avec M. Bégearss; je la trouve seule, en rentrant, les yeux remplis de larmes, et m'ordonnant de la fuir pour toujours. Que peut-il donc lui avoir dit?

FIGARO.

Si je ne craignais pas votre vivacité, je vous instruirais sur des points qu'il vous importe de savoir. Mais lorsque nous avons besoin d'une grande prudence, il ne faudrait qu'un mot de vous, trop vif, pour me faire perdre le fruit de dix années d'observations.

LÉON.

Ah! s'il ne faut qu'être prudent... Que crois-tu donc qu'il lui ai dit ?

FIGARO.

Qu'elle doit accepter Honoré Bégearss pour époux; que c'est une affaire arrangée entre monsieur votre père et lui.

LÉON.

Entre mon père et lui? Le traître aura ma vie !

FIGARO.

Avec ces façons-là, monsieur, le traître n'aura pas votre vie ; mais il aura votre maîtresse, et votre fortune avec elle.

LÉON.

Eh bien ! ami, pardon : apprends-moi ce que je dois faire.

FIGARO.

Deviner l'énigme du Sphinx, ou bien en être dévoré. En d'autres termes, il faut vous modérer, le laisser dire, et dissimuler avec lui.

LÉON, avec fureur.

Me modérer !... Oui, je me modérerai. Mais j'ai la rage dans le cœur. — M'enlever Florestine ! Ah ! le voici qui vient : je vais m'expliquer... froidement.

FIGARO.

Tout est perdu si vous vous échappez.

SCÈNE XIX.

BÉGEARSS, LÉON, FIGARO.

LÉON, se contenant mal.

Monsieur, monsieur, un mot. Il importe à votre repos que vous répondiez sans détour. — Florestine est au désespoir : qu'avez-vous dit à Florestine ?

BÉGEARSS, d'un ton glacé.

Et qui vous dit que je lui ai parlé ? Ne peut-elle avoir des chagrins sans que j'y sois pour quelque chose ?

LÉON, vivement.

Point d'évasions, monsieur. Elle était d'une humeur charmante : en sortant d'avec vous, on la voit fondre en larmes. De quelque part qu'elle en reçoive, mon cœur partage ses chagrins. Vous m'en direz la cause, ou bien vous m'en ferez raison.

BÉGEARSS.

Avec un ton moins absolu on peut tout obtenir de moi ; je ne sais point céder à des menaces.

LÉON, furieux.

Eh bien , perfide, défends-toi. J'aurai ta vie ou tu auras la mienne ! (Il met la main à son épée.)

FIGARO les arrête.

Monsieur Bégearss ! au fils de votre ami ? dans sa maison, où vous logez ?

BÉGEARSS, se contenant.

Je sais trop ce que je me dois... Je vais m'expliquer avec lui ; mais je n'y veux point de témoins. Sortez et laissez-nous ensemble.

LÉON.

Va , mon cher Figaro, tu vois qu'il ne peut m'échapper ; ne lui laissons aucune excuse.

FIGARO, à part.

Moi, je cours avertir son père. (Il sort.)

SCÈNE XX.

LÉON, BÉGEARSS.

LÉON , lui barrant la porte.

Il vous convient peut-être mieux de vous battre que de parler. Vous êtes le maître du choix ; mais je n'admettrai rien d'étranger à ces deux moyens.

BÉGEARSS, froidement.

Léon, un homme d'honneur n'égorge pas le fils de son ami. Devais-je m'expliquer devant un malheureux valet, insolent d'être parvenu à presque gouverner son maître ?

LÉON, s'asseyant.

Au fait, monsieur , je vous attends.

BÉGEARSS.

Oh ! que vous allez regretter une fureur dérai-
sonnable !

LÉON.

C'est que nous verrons bientôt.

BÉGEARSS, affectant une dignité froide.

Léon, vous aimez Florestine ; il y a long-temps
que je le vois... Tant que votre frère a vécu, je
n'ai pas cru devoir servir un amour malheureux
qui ne vous conduisait à rien. Mais depuis qu'un
funeste duel, disposant de sa vie, vous a mis
en sa place, j'ai eu l'orgueil de croire mon influence capable de disposer monsieur votre père à
vous unir à celle que vous aimez. Je l'attaquais
de toutes les manières ; une résistance invincible
a repoussé tous mes efforts. Désolé de le voir re-
jeter un projet qui me paraissait fait pour le
bonheur de tous.... Pardon, mon jeune ami, je
vais vous affliger ; mais il le faut en ce moment,
pour vous sauver d'un malheur éternel. Rappe-
lez bien votre raison, vous allez en avoir besoin.
— J'ai forcé votre père à rompre le silence, à
me confier son secret. O mon ami ! m'a dit enfin
le comte, je connais l'amour de mon fils ; mais
puis-je lui donner Florestine pour femme ? Celle
que l'on croit ma pupille... elle est ma fille ; elle
est sa sœur.

LÉON, reculant vivement.

Florestine..., ! ma sœur... ?

BÉGEARSS.

Voilà le mot qu'un sévère devoir... Ah ! je
vous le dois à tous deux : mon silence pouvait
vous perdre. Eh bien ! Léon, voulez-vous vous
battre avec moi ?

LÉON.

Mon généreux ami ! je ne suis qu'un ingrat,
un monstre ! oubliez ma rage insensée...

BÉGEARSS, bien tartuffe.

Mais c'est à condition que ce fatal secret ne
sortira jamais... Dévoiler la honte d'un père, ce
serait un crime...

LÉON, se jetant dans ses bras.

Ah ! jamais.

SCÈNE XXI.

LE COMTE, LÉON, FIGARO, BÉGEARSS.

FIGARO, accourant.

Les voilà, les voilà !

LE COMTE.

Dans les bras l'un de l'autre ? Eh ! vous per-
dez l'esprit !

FIGARO, stupéfait.

Ma foi ! monsieur... on le perdrait à moins.

LE COMTE, à Figaro.

M'expliquerez-vous cette énigme ?

LÉON, tremblant.

Ah ! c'est à moi, mon père, à l'expliquer. Pardon ! je dois mourir de honte ! Sur un sujet assez frivole, je m'étais... beaucoup oublié. Son
caractère généreux, non seulement me rend à la
raison, mais il a la bonté d'excuser ma folie en
me la pardonnant. Je lui en rendais grâce lorsque vous nous avez surpris.

LE COMTE.

Ce n'est pas la centième fois que vous lui devez de la reconnaissance. Au fait, nous lui en devons tous. (Figaro, sans parler, se donne un coup de poing

u front. Bégearss l'examine et sourit.) (A son fils.) Retirez-vous, monsieur. Votre aveu seul enchaîne ma colère.

BÉGEARSS.

Ah ! monsieur, tout est oublié.

LE COMTE, à Léon.

Allez vous repentir d'avoir manqué à mon ami, au vôtre, à l'homme le plus vertueux...

LÉON, s'en allant.

Je suis au désespoir !

FIGARO, à part, avec colère.

C'est une légion de diables enfermés dans un seul pourpoint.

SCÈNE XXII.

LE COMTE, BÉGEARSS, FIGARO.

LE COMTE, à Bégearss, à part.

Mon ami, finissons ce que nous avons com-mencé. (A Figaro.) Vous, monsieur l'étourdi, avec vos belles conjectures, donnez-moi les trois mil-lions d'or que vous m'avez vous-même apportés de Cadix, en soixante effets au porteur... Je vous avais chargé de les numéroter.

FIGARO.

Je l'ai fait.

LE COMTE.

Remettez-m'en le portefeuille.

FIGARO.

De quoi ! de ces trois millions d'or ?

LE COMTE.

Sans doute. Eh bien ! qui vous arrête ?

FIGARO, humblement.

Moi, monsieur... ? Je ne les ai plus.

BÉGEARSS.

Comment , vous ne les avez plus ?

FIGARO. fièrement.

Non , monsieur.

BÉGEARSS , vivement.

Qu'en avez-vous fait ?

FIGARO.

Lorsque mon maître m'interroge , je lui dois
compte de mes actions ; mais à vous , je ne vous
dois rien.

LE COMTE , en colère.

Insolent ! qu'en avez-vous fait ?

FIOARO , froidement.

Je les ai portés en dépôt chez M. Fal, votre
notaire.

BÉGEARSS.

Mais de l'avis de qui ?

FIOARO , fièrement.

Du mien ; et j'avoue que j'en suis toujours.

BÉGEARSS.

Je vais gager qu'il n'en est rien.

FIGARO.

Comme j'ai sa reconnaissance , vous courez
risque de perdre la gageure.

BÉGEARSS.

Ou s'il les a reçus, c'est pour agioter. Ces gens-
là partagent ensemble.

FIGARO.

Vous pourriez un peu mieux parler d'un
homme qui vous a obligé.

BÉGEARSS.

Je ne lui dois rien.

FIGARO.

Je le crois, quand on a hérité de *quarante mille
doublons de huit...*

LE COMTE, se fâchant.

Avez-vous donc quelque remarque à nous faire
aussi là-dessus?

FIGARO.

Qui? moi, monsieur? J'en doute d'autant
moins, que j'ai beaucoup connu le parent dont
monsieur hérite. Un jeune homme assez libertin,
pueur, prodigue et querelleur; sans frein, sans
mœurs, sans caractère, et n'ayant rien à lui,
pas même les vices qui l'ont tué; qu'un combat
les plus malheureux... (Le comte frappe du pied.)

BÉGEARSS, en colère.

Enfin nous direz-vous pourquoi vous avez dé-
posé cet or?

FIGARO.

Ma foi, monsieur, c'est pour n'en être plus
chargé. Ne pouvait-on pas le voler? que sait-on?
Il s'introduit souvent de grands fripons dans les
maisons.

BÉGEARSS, en colère.

Pourtant Monsieur veut qu'on le rende.

FIGARO.

Monsieur peut l'envoyer chercher.

BÉGEARSS.

Mais ce notaire s'en désaisira-t-il, s'il ne voit
mon *récépissé?*

FIGARO.

Je vais le remettre à monsieur; et quand j'aurai fait mon devoir, s'il en arrive quelque mal,
ne pourra s'en prendre à moi.

LE COMTE.

Je l'attends dans mon cabinet.

FIGARO, au comte.

Je vous préviens que monsieur Fal ne les ren-

dra que sur votre reçu ; je le lui ai recommandé.
(Il sort.)

SCÈNE XXIII.

LE COMTE, BÉGEARSS.

BÉGEARSS , en colère.

Comblez cette canaille , et voyez ce qu'elle devient ! En vérité , monsieur , mon amitié me force à vous le dire : vous devenez trop confiant ; il a deviné nos secrets. De valet, barbier, chirurgien, vous l'avez établi trésorier, secrétaire , une espèce de *factotum*. Il est notoire que ce monsieur fait bien ses affaires avec vous.

LE COMTE.

Sur la fidélité, je n'ai rien à lui reprocher ; mais il est vrai qu'il est d'une arrogance...

BÉGEARSS.

Vous avez un moyen de vous en délivrer, en le récompensant.

LE COMTE.

Je le voudrais souvent.

BÉGEARSS , confidentiellement.

En envoyant le chevalier à Malte , sans doute vous voulez qu'un homme affidé le surveille ? Celui-ci, trop flatté d'un aussi honorable emploi, ne peut manquer de l'accepter : vous en voilà défait pour bien du temps.

LE COMTE.

Vous avez raison, mon ami. Aussi bien, m'a-t-on dit qu'il vit très-mal avec sa femme. (Il sort.)

SCÈNE XXIV.

BÉGEARSS.

Encore un pas de fait...! Ah! noble espion ,

a fleur des drôles! qui faites ici le bon valet, et
oulez nous souffler la dot, en nous donnant des
ioms de comédie! Grâce aux soins d'Honoré
l'artufe, vous irez partager le malaise des cara-
anes, et finirez vos inspections sur nous.

ACTE TROISIÈME.

æ théâtre représente le cabinet de la comtesse, orné de fleurs
de toutes parts.

SCÈNE PREMIÈRE.

LA COMTESSE, SUZANNE.

LA COMTESSE.

Je n'ai pu rien tirer de cet enfant. — Ce sont
les pleurs, des étouffemens...? Elle se croit des
orts envers moi; m'a demandé cent fois pardon;
lle veut aller au couvent. Si je rapproche tout
eci de sa conduite envers mon fils, je présume
ju'elle se reproche d'avoir écouté son amour,
ntretenu ses espérances, ne se croyant pas un
arti assez considérable pour lui. — Charmante
lélicatesse! excès d'une aimable vertu! monsieur
Bégearss, apparemment, lui en a touché quelques mots qui l'auront amenée à s'affliger sur
lle! Car c'est un homme si scrupuleux et si dé-
icat sur l'honneur, qu'il s'exagère quelquefois,
t se fait des fantômes où les autres ne voient rien.

SUZANNE.

J'ignore d'où provient le mal; mais il se passe
ci des choses bien étranges! Quelque démon y

3.

souffle un feu secret. Notre maître est sombre
à périr; il nous éloigne tous de lui. Vous êtes
sans cesse à pleurer. Mademoiselle est suffoquée,
monsieur votre fils désolé…! Monsieur Bégearss,
lui seul, imperturbable comme un dieu, semble
n'être affecté de rien, voit tous vos chagrins d'un
œil sec…

LA COMTESSE.

Mon enfant, son cœur les partage. Hélas!
sans ce consolateur, qui verse un baume sur
nos plaies, dont la sagesse nous soutient, adoucit
toutes les aigreurs, calme mon irascible époux,
nous serions plus malheureux!

SUZANNE.

Je souhaite, madame, que vous ne vous abu-
siez pas!

LA COMTESSE.

Je t'ai vu autrefois lui rendre plus de justice.
(Suzanne baisse les yeux.) Au reste il peut seul me tirer du trouble où cet enfant m'a mise. Fais-le
prier de descendre chez moi.

SUZANNE.

Le voici qui vient à propos; vous vous ferez
coiffer plus tard. (Elle sort.)

SCÈNE II.

LA COMTESSE, BÉGEARSS.

LA COMTESSE, douloureusement.

Ah! mon pauvre major! que se passe-t-il donc
ici! Touchons-nous enfin à la crise que j'ai si
long-temps redoutée, que j'ai vue de loin se for-
mer? L'éloignement du comte pour mon malheureux fils semble augmenter de jour en jour. Quelque lumière fatale aura pénétré jusqu'à lui!

BÉGEARSS.

Madame, je ne le crois pas.

LA COMTESSE.

Depuis que le ciel m'a punie par la mort de
mon fils aîné, je vois le comte absolument changé:
au lieu de travailler avec l'ambassadeur à Rome
pour rompre les vœux de Léon, je le vois s'ob-
tiner à l'envoyer à Malte. — Je sais de plus,
monsieur Bégearss, qu'il dénature sa fortune, et
veut abandonner l'Espagne, pour s'établir dans
ce pays. — L'autre jour à dîner, devant trente
personnes, il raisonna sur le divorce d'une façon
à me faire frémir.

BÉGEARSS.

J'y étais; je m'en souviens trop !

LA COMTESSE, en larmes.

Pardon, mon digne ami; je ne puis pleurer
qu'avec vous !

BÉGEARSS.

Déposez vos douleurs dans le sein d'un homme
sensible.

LA COMTESSE.

Enfin, est-ce lui, est-ce-vous, qui avez déchiré le cœur de Florestine ? Je la destinais à
mon fils. — Née sans biens, il est vrai, mais noble, belle et vertueuse; élevée au milieu de nous :
mon fils devenu héritier, n'en a-t-il pas assez
pour deux ?

BÉGEARSS.

Que trop, peut-être; et c'est d'où vient le mal !

LA COMTESSE.

Mais, comme si le ciel n'eût attendu aussi
long-temps que pour me mieux punir d'une imprudence tant pleurée, tout semble s'unir à la
fois pour renverser mes espérances. Mon époux

déteste mon fils... Florestine renonce à lui. Ai-
grie par je ne sais quel motif, elle veut le fuir
pour toujours. Il en mourra, le malheureux !
voilà ce qui est bien certain. (Elle joint les mains.)
Ciel vengeur ! après vingt années de larmes et
de repentir, me réservez-vous à l'horreur de voir
ma faute découverte ? Ah ! que je sois seule misérable ! mon Dieu : je ne m'en plaindrai pas !
mais que mon fils ne porte point la peine d'un
crime qu'il n'a pas commis ! Connaissez-vous,
monsieur Bégearss, quelque remède à tant de
maux ?

BÉGEARSS.

Oui, femme respectable ! et je venais exprès
dissiper vos terreurs. Quand on craint une chose,
tous nos regards se portent vers cet objet trop
alarmant : quoi qu'on dise ou qu'on fasse, la
frayeur 'empoisonne tout. Enfin je tiens la clef
de ses énigmes. Vous pouvez encore être heureuse.

LA COMTESSE.

L'est-on avec une âme déchirée de remords ?

BÉGEARSS.

Votre époux ne fuit point Léon ; il ne soupçonne rien sur le secret de sa naissance.

LA COMTESSE, vivement.

Monsieur Bégearss !

BÉGEARSS.

Et tous ces mouvemens que vous prenez pour
de la haine ne sont que l'effet d'un scrupule. Oh!
que je vais vous soulager !

LA COMTESSE, ardemment.

Mon cher monsieur Bégearss !

BÉGEARSS.

Mais enterrez dans ce cœur allégé le grand

mot que je vais vous dire. Votre secret à vous, c'est la naissance de Léon ! Le sien est celle de Florestine : (Plus bas.) il est son tuteur... et son père.

LA COMTESSE, joignant les mains.

Dieu tout-puissant qui me prends en pitié !

BÉGEARSS.

Jugez de sa frayeur en voyant ces enfans amoureux l'un de l'autre ! ne pouvant dire son secret, ni supporter qu'un tel attachement devînt le fruit de son silence, il est resté sombre, bizarre ; et s'il veut éloigner son fils, c'est pour éteindre, s'il se peut, par cette absence et par ces vœux, un malheureux amour qu'il ne croit pouvoir tolérer.

LA COMTESSE, priant avec ardeur.

Source éternelle des bienfaits ! ô mon Dieu ! tu permets qu'en partie je répare la faute involontaire qu'un insensé me fit commettre ; que j'aie, de mon côté, quelque chose à remettre à cet époux que j'offensai ! O comte Almaviva ! mon cœur flétri, fermé par vingt années de peines, va se rouvrir enfin pour toi. Florestine est ta fille ; elle me devient chère comme si mon sein l'eût portée. Faisons, sans nous parler, l'échange de notre indulgence ! O monsieur Bégearss ! achevez.

BÉGEARSS.

Mon amie, je n'arrête point ces premiers élans d'un bon cœur : les émotions de la joie ne sont point dangereuses comme celles de la tristesse ; mais, au nom de votre repos, écoutez-moi jusqu'à la fin.

LA COMTESSE.

Parlez, mon généreux ami : vous à qui je dois tout, parlez.

BÉGEARSS.

Votre époux, cherchant un moyen de garantir sa Florestine de cet amour qu'il croit incestueux, m'a proposé de l'épouser; mais, indépendamment du sentiment profond et malheureux que mon respect pour vos douleurs...

LA COMTESSE, douloureusement.

Ah! mon ami! par compassion pour moi...

BÉGEARSS.

N'en parlons plus. Quelques mots d'établissement, tournés d'une manière équivoque, ont fait penser à Florestine qu'il était question de Léon. Son jeune cœur s'en épanouissait, quand un valet vous annonça. Sans m'expliquer depuis sur les vues de son père, un mot de moi, la ramenant aux sévères idées de la fraternité, a produit cet orage, et la religieuse horreur dont votre fils ni vous ne pénétriez le motif.

LA COMTESSE.

Il en était bien loin, le pauvre enfant!

BÉGEARSS.

Maintenant qu'il vous est connu, devons-nous suivre ce projet d'une union qui répare tout?...

LA COMTESSE, vivement.

Il faut s'y tenir, mon ami; mon cœur et mon esprit sont d'accord sur ce point, et c'est à moi de la déterminer. Par là nos secrets sont couverts; nul étranger ne les pénétrera. Après vingt années de souffrances nous passerons des jours heureux, et c'est à vous, mon digne ami, que ma famille les devra.

BÉGEARSS, élevant le ton.

Pour que rien ne les trouble plus, il faut encore un sacrifice, et mon amie est digne de le faire.

LA COMTESSE.

Hélas! je veux les faire tous.

BÉGEARSS, l'air imposant,

Ces lettres, ces papiers d'un infortuné qui n'est plus, il faudra les réduire en cendres.

LA COMTESSE, avec douleur.

Ah, Dieu!

BÉGEARSS.

Quand cet ami mourant me chargea de vous les remettre, son dernier ordre fut qu'il fallait sauver votre honneur, en ne laissant aucune trace de ce qui pourrait l'altérer.

LA COMTESSE.

Dieu! Dieu!

BÉGEARSS.

Vingt ans se sont passés sans que j'aie pu obtenir que ce triste aliment de votre éternelle douleur s'éloignât de vos yeux. Mais indépendamment du mal que tout cela vous fait, voyez quel danger vous courez.

LA COMTESSE.

Eh! que peut-on avoir à craindre?

BÉGEARSS, regardant si on peut l'entendre, parlant bas,

Je ne soupçonne point Suzanne; mais une femme de chambre, instruite que vous conservez ces papiers, ne pourrait-elle pas un jour s'en faire un moyen de fortune? un seul remis à votre époux, que peut-être il paierait bien cher, vous plongerait dans des malheurs...

LA COMTESSE.

Non, Suzanne a le cœur trop bon...

BÉGEARSS, d'un ton plus élevé, très-ferme.

Ma respectable amie! vous avez payé votre dette à la tendresse, à la douleur, à vos devoirs de tous les genres; et si vous êtes satisfaite de la conduite d'un ami, j'en veux avoir la récompense. Il faut brûler tous ces papiers, éteindre tous ces souvenirs d'une faute autant expiée; mais, pour ne jamais revenir sur un sujet si douloureux, j'exige que le sacrifice en soit fait dans ce même instant.

LA COMTESSE, tremblante.

Je crois entendre Dieu qui parle! il m'ordonne de l'oublier, de déchirer le crêpe obscur dont sa mort a couvert ma vie. Oui, mon Dieu! je vais obéir à cet ami que vous m'avez donné. (Elle sonne.) Ce qu'il exige en votre nom, mon repentir le conseillait; mais ma faiblesse a combattu.

SCÈNE III.

LA COMTESSE, BÉGEARSS, SUZANNE.

LA COMTESSE.

Suzanne! apporte-moi le coffret de mes diamans. —Non, je vais le prendre moi-même, il te faudrait chercher la clef...

SCÈNE IV.

BÉGEARSS, SUZANNE.

SUZANNE, un peu troublée,

Monsieur Bégearss, de quoi s'agit-il donc? Toutes les têtes sont renversées! Cette maison ressemble à l'hôpital des fous! Madame pleure; Mademoiselle étouffe; le chevalier Léon parle de se noyer; Monsieur est enfermé et ne veut voir personne. Pourquoi ce coffre aux diamans inspire-t-il en ce moment tant d'intérêt à tout le monde?

BÉGEARSS, *mettant son doigt sur sa bouche en signe de mystère.*

Chut! ne montre ici nulle curiosité. Tu le sauras dans peu... Tout va bien ; tout est bien... Cette journée vaut... Chut...

SCÈNE V.

LA COMTESSE, BÉGEARSS, SUZANNE.

LA COMTESSE, *tenant le coffret aux diamans.*

Suzanne, apporte-nous du feu dans le brazéro du boudoir.

SUZANNE.

Si c'est pour brûler des papiers, la lampe de nuit allumée est encore là dans l'athénienne. (*Elle l'avance.*)

LA COMTESSE.

Veille à la porte, et que personne n'entre.

SUZANNE, *en sortant.* à part.

Courons avant avertir Figaro.

SCÈNE VI.

LA COMTESSE, BÉGEARSS.

BÉGEARSS.

Combien j'ai souhaité pour vous le moment auquel nous touchons !

LA COMTESSE, *étouffée.*

O mon ami! quel jour nous choisissons pour consommer ce sacrifice! celui de la naissance de mon malheureux fils ! A cette époque, tous les ans, leur consacrant cette journée, je demandais pardon au ciel, et je m'abreuvais de mes larmes en relisant ces tristes lettres. Je me rendais au moins le témoignage qu'il y eut entre

nous plus d'erreur que de crime. Ah! faut-il
donc brûler tout ce qui me reste de lui?

BÉGEARSS.

Quoi, madame! détruisez-vous ce fils qui
vous le représente? ne lui devez-vous pas un sacrifice qui le préserve de mille affreux dangers!
vous vous le devez à vous-même! et la sécurité
de votre vie entière est attachée peut-être à cet
acte imposant! (Il ouvre le secret de l'écrin et en tire les
lettres.)

LA COMTESSE, surprise.

Monsieur Bégearss, vous l'ouvrez mieux que
moi!... Que je les lise encore!

BÉGEARSS, sévèrement.

Non, je ne le permettrai pas.

LA COMTESSE.

Seulement la dernière où, traçant ses tristes
adieux, du sang qu'il répandit pour moi, il m'a
donné la leçon du courage dont j'ai tant besoin
aujourd'hui.

BÉGEARSS, s'y opposant.

Si vous lisez un mot, nous ne brûlerons rien.
Offrez au ciel un sacrifice entier, courageux, volontaire, exempt de faiblesses humaines! ou si
vous n'osez l'accomplir, c'est à moi d'être fort
pour vous. Les voilà toutes dans le feu. (Il y jette
le paquet.)

LA COMTESSE, vivement.

Monsieur Bégearss! Cruel ami! c'est ma vie
que vous consumez! qu'il m'en reste au moins
un lambeau. (Elle veut se précipiter sur les lettres enflam-
mées, Bégearss la retient à bras le corps.)

BBÉGEARS.

J'en jetterai la cendre au vent.

SCÈNE VII.

LE COMTE, LA COMTESSE, BÉGEARSS, FIGARO,
SUZANNE.

SUZANNE accourt.

C'est Monsieur, il me suit; mais amené par
Figaro.

LE COMTE, les surprenant en cette posture.

Qu'est-ce donc que je vois, madame! d'où vient
tout ce désordre? quel est ce feu, et ce coffre, ces
papiers? pourquoi ce débat et ces pleurs? (Bégearss
et la comtesse restent confondus.) Vous ne répondez
point?

BÉGEARSS se remet, et dit d'un ton pénible.

J'espère, monsieur, que vous n'exigez pas
qu'on s'explique devant vos gens. J'ignore quel
dessein vous fait surprendre ainsi madame!
quant à moi, je suis résolu de soutenir mon caractère en rendant un hommage pur à la vérité,
quelle qu'elle soit.

LE COMTE, à Figaro et à Suzanne.

Sortez tous deux.

FIGARO.

Mais, monsieur, rendez-moi du moins la justice de déclarer que je vous ai remis le *récépissé*
du notaire, sur le grand objet de tantôt.

LE COMTE.

Je le fais volontiers, puisque c'est réparer un
tort. (A Bégearss.) Soyez certain, monsieur, que
voilà le *récépissé*. (Il le remet dans sa poche. Figaro et
Suzanne sortent chacun de leur côté.)

FIGARO, bas à Suzanne, en s'en allant.

S'il échappe à l'explication...!

SUZANNE, bas.

Il est bien subtil.

FIGARO, bas.

Je l'ai tué!

SCÈNE VIII.

LE COMTE, LA COMTESSE, BÉGEARSS.

LE COMTE, d'un ton sérieux.

Madame, nous sommes seuls.

BÉGEARSS, encore ému.

C'est moi qui parlerai. Je subirai cet interrogatoire. M'avez-vous vu, monsieur, trahir la vérité dans quelque occasion que ce fût?

LE COMTE, sèchement.

Monsieur... je ne dis pas cela.

BÉGEARSS, tout-à-fait remis.

Quoique je sois loin d'approuver cette inquisi-
tion peu décente, l'honneur m'oblige à répéter ce
que je disais à Madame, en répondant à sa con-
sultation :

« Tout dépositaire de secrets ne doit jamais
conserver de papiers s'ils peuvent compromettre
un ami qui n'est plus, et qui les mit sous notre
garde. Quelque chagrin qu'on ait à s'en défaire,
et quelque intérêt même qu'on eût à les garder,
le saint respect des morts doit avoir le pas devant
tout. » (Il montre le comte.) Un accident inopiné ne
peut-il pas rendre un adversaire possesseur?
(Le comte le tire par la manche pour qu'il ne pousse pas l'explication plus loin.) Auriez-vous dit, monsieur, autre chose en ma position? Qui cherche des con-
seils timides, ou le soutien d'une faiblesse
honteuse, ne doit point s'adresser à moi! vous
en avez des preuves l'un et l'autre, et vous surtout, monsieur le comte! (Le comte lui fait un signe)
Voilà sur la demande que m'a faite madame, et

sans chercher à pénétrer ce que contenaient ces
papiers, ce qui m'a fait lui donner un conseil
pour la sévère exécution duquel je l'ai vue manquer de courage ; je n'ai pas hésité d'y substituer
le mien, en combattant ses délais imprudens.
Voilà quels étaient nos débats ; mais quelque
chose qu'on en pense, je ne regretterai point ce
que j'ai dit, ce que j'ai fait. (Il lève les bras.) Sainte
amitié ! tu n'es qu'un vain titre, si l'on ne rem-
plit point tes austères devoirs. — Permettez que
je me retire.

LE COMTE , exalté.

O le meilleur des hommes ! Non, vous ne nous
quitterez pas.—Madame, il va nous appartenir
de plus près : je lui donne ma Florestine.

LA COMTESSE , avec vivacité.

Monsieur, vous ne pouviez pas faire un plus
digne emploi du pouvoir que la loi vous donne
sur elle. Ce choix a mon assentiment si vous le
jugez nécessaire, et le plus tôt vaudra le mieux.

LE COMTE , hésitant.

Eh bien !... ce soir... sans bruit... votre aumô-
nier...

LA COMTESSE , avec ardeur.

Eh bien ! moi qui lui sers de mère, je vais la
préparer à l'auguste cérémonie ! mais laisserez-
vous votre ami seul généreux envers cette digne
enfant ? J'ai du plaisir à penser le contraire.

LE COMTE , embarrassé.

Ah ! madame... croyez...

LA COMTESSE , avec joie.

Oui, monsieur, je le crois. C'est aujourd'hui
la fête de mon fils ; ces deux événemens réunis
me rendent cette journée bien chère. (Elle sort.)

SCÈNE IX.

LE COMTE, BÉGEARSS.

LE COMTE, *la regardant aller.*

Je ne reviens pas de mon étonnement. Je
m'attendais à des débats, à des objections sans
nombre ; et je la trouve juste, bonne, généreuse
envers mon enfant : *moi qui lui sers de mère*,
dit-elle. Non, ce n'est point une méchante femme !
elle a dans ses actions une dignité qui m'impose…;
un ton qui brise les reproches, quand on voudrait l'en accabler. Mais, mon ami, je m'en dois
à moi-même, pour la surprise que j'ai montrée
en voyant brûler ces papiers.

BÉGEARSS.

Quant à moi, je n'en ai point eu, voyant avec
qui vous veniez. Ce reptile vous a sifflé que j'é-
tais là pour trahir vos secrets ? De si basses im-
putations n'atteignent point un homme de ma hauteur ; je les vois ramper loin de moi. Mais, après
tout, monsieur, que vous importaient ces papiers ?
n'aviez-vous pas pris malgré moi tous ceux que
vous vouliez garder ? Ah ! plût au ciel qu'elle
m'eût consulté plus tôt ! vous n'auriez pas contre
elle des preuves sans réplique ?

LE COMTE, *avec douleur.*

Oui, sans réplique ! (*Avec ardeur.*) Otons-les de
mon sein : elles me brûlent la poitrine. (Il tire la
lettre de son sein et la met dans sa poche.)

BÉGEARSS *continue avec douceur.*

Je combattrais avec plus d'avantage en faveur
du fils de la loi ! car enfin il n'est pas comptable
du triste sort qui l'a mis dans vos bras.

LE COMTE *reprend sa fureur.*

Lui, dans mes bras ? jamais.

BÉGEARSS.

Il n'est point coupable non plus dans son amour pour Florestine ; et cependant, tant qu'il reste près d'elle, puis-je m'unir à cette enfant, qui, peut-être éprise elle-même, ne cédera qu'à son respect pour vous ? La délicatesse blessée...

LE COMTE.

Mon ami, je t'entends ! et ta réflexion me décide à le faire partir sur-le-champ. Oui, je serai moins malheureux quand ce fatal objet ne blessera plus mes regards : mais comment entamer ce sujet avec elle ? voudra-t-elle s'en séparer ! il faudra donc faire un éclat.

BÉGEARSS.

Un éclat !... non... mais le divorce, accrédité chez cette nation hasardeuse, vous permettra d'user de ce moyen.

LE COMTE.

Moi, publier ma honte ! quelques lâches l'ont fait... c'est le dernier degré de l'avilissement du siècle. Que l'opprobre soit le partage de qui donne un pareil scandale, et des fripons qui le provoquent.

BÉGEARSS.

J'ai fait envers elle, envers vous ce que l'honneur me prescrivait. Je ne suis point pour les moyens violens, surtout quand il s'agit d'un fils...

LE COMTE.

Dites *d'un étranger*, dont je vais hâter le départ.

BÉGEARSS.

N'oubliez pas cet insolent valet.

LE COMTE.

J'en suis trop las pour le garder. Toi, cours, ami, chez mon notaire ; retire, avec mon reçu

que voilà , mes trois millions d'or déposés. Alors
tu peux à juste titre être généreux au contrat
qu'il nous faut brusquer aujourd'hui... car te voilà
bien possesseur... (*Il lui remet le reçu, le prend sous le
bras, et ils sortent.*) Et ce soir, à minuit, sans bruit,
dans la chapelle de Madame... (*On n'entend pas
le reste*).

ACTE QUATRIÈME.

Le théâtre représente le même cabinet de la comtesse.

SCÈNE PREMIÈRE.

FIGARO , agité , regardant de côté et d'autre.

Elle me dit : « Viens à six heures au cabinet ;
c'est le plus sûr pour nous parler. Je brusque
tout dehors, et je rentre en sueur ! Où est-elle ?
(*Il se promène en s'essuyant.*) Ah , parbleu , je ne suis
pas fou ! je les ai vus sortir d'ici, Monsieur le
tenant sous le bras...! Eh bien! pour un échec
abandonnons-nous la partie...? Un orateur fuit-
il lâchement la tribune pour un argument tué
sous lui? Mais, quel détestable endormeur! (*Vivement.*) Parvenu à brûler les lettres de Madame
pour qu'elle ne voie pas qu'il en manque; et se
tirer d'un éclaircissement...! C'est l'enfer con-
centré, tel que Milton nous l'a dépeint! (*D'un ton
badin.*) J'avais raison tantôt, dans ma colère : Honoré Bégearss est le diable que les Hébreux nom-
maient Légion ; et, si l'on y regardait bien, on
verrait le lutin avoir le pied fourchu, seule par-

tie, disait ma mère, que les démons ne peuvent
déguiser. (Il rit.) Ha, ha, ha, ma gaîté me revient ;
d'abord, parce que j'ai mis l'or du Mexique en
sûreté chez Fal ; ce qui nous donnera du temps ;
(Il frappe d'un billet sur sa main) et puis... docteur en
toute hypocrisie ! vrai major d'infernal tartufe !
grâce au hasard qui régit tout, à ma tactique, à
quelques louis semés, voici qui me promet une
lettre de toi, où, dit-on, tu poses le masque, à
ne rien laisser désirer ! (Il ouvre le billet, et dit :) Le
coquin qui l'a lu en veut cinquante louis...? eh
bien ! il les aura si la lettre les vaut ; une année
de mes gages sera bien employée si je parviens à
détromper un maître à qui nous devons tant...
Mais où es-tu, Suzanne, pour en rire *O che pia-
cere...!* A demain donc ! car je ne vois pas que
rien périclite ce soir... Et pourquoi perdre un
temps...? Je m'en suis toujours repenti... (Très-
vivement.) Point de délai ; courons attacher le pé-
tard ; dormons dessus ; la nuit porte conseil, et
demain matin nous verrons qui des deux fera
sauter l'autre.

SCÈNE II.

BÉGEARSS, FIGARO.

BÉGEARSS, raillant.

Hé é é ! c'est mons Figaro ! La place est agréable, puisqu'on y retrouve monsieur.

FIGARO, du même ton.

Ne fût-ce que pour avoir la joie de l'en chasser
une autre fois.

BÉGEARSS.

De la rancune pour si peu ? vous êtes bien bon
d'y songer ! chacun n'a-t-il pas sa manie ?

9.

FIGARO.

Et celle de monsieur est de ne plaider qu'à huis clos?

BÉGEARSS, lui frappant sur l'épaule.

Il n'est pas essentiel qu'un sage entende tout, quand il sait si bien deviner.

FIGARO.

Chacun se sert des petits talens que le ciel lui a départis.

BÉGEARSS.

Et *l'intrigant* compte-t-il gagner beaucoup avec ceux qu'il nous montre ici?

FIGARO.

Ne mettant'rien à la partie, j'ai tout gagné... si je perd *l'autre.*

BÉGEARSS, piqué.

On verra le jeu de monsieur.

FIGARO.

Ce n'est pas de ces coups brillans qui éblouissent la galerie. (Il prend un air niais.) Mais *chacun pour soi; Dieu pour tous,* comme a dit le roi Salomon.

BÉGEARSS, soupirant.

Belle sentence! N'a-t-il pas dit aussi : « Le soleil luit pour tout le monde?»

FIGARO, fièrement.

Oui, en dardant sur le serpent prêt à mordre la main de son imprudent bienfaiteur! (Il sort.)

SCÈNE III.

BÉGEARSS, le regardant aller.

Il ne farde plus ses desseins. Notre homme est fier! bon signe; il ne sait rien des miens; il aurait la mine bien longue s'il était instruit qu'à minuit... (Il cherche dans ses poches vivement.) Eh bien qu'ai-je fait du papier? Le voici. (Il lit.) « Reçu de monsieur Fal, notaire, les trois millions d'or spécifiés dans le bordereau ci-dessus. A Paris, le... ALMAVIVA. » C'est bon; je tiens la pupille et l'argent. Mais ce n'est point assez; cet homme est faible, il ne finira rien pour le reste de sa fortune. La comtesse lui impose; il la craint, l'aime encore... Elle n'ira point au couvent, si je ne les mets aux prises, et ne le force à s'expliquer... brutalement. (Il se promène.) — Diable! ne risquons pas ce soir un dénoûment aussi scabreux. En précipitant trop les choses, on se précipite avec elles. Il sera temps demain, quand j'aurai bien serré le doux lien sacramental qui va les enchaîner à moi. (Il appuie ses deux mains sur sa poitrine.) Eh bien, maudite joie, qui me gonfles le cœur, ne peux-tu donc te contenir?... Elle m'étouffera, la fougueuse, ou me livrera comme un sot, si je ne la laisse un peu s'évaporer pendant que je suis seul ici. Sainte et douce crédulité! l'époux te doit la magnifique dot. Pâle déesse de la nuit! il te devra bientôt sa froide épouse. (Il frotte ses mains de joie.) Bégearss! heureux Bégearss... Pourquoi l'appelez-vous Bégearss? n'est-il donc pas plus d'à moitié le seigneur comte Almaviva? (D'un ton terrible.) Encore un pas, Bégearss, et tu l'es tout-à-fait! Mais il te faut auparavant... Ce Figaro pèse sur ma poitrine; car c'est lui qui l'a fait venir... Le moindre trouble me perdrait... Ce valet-là me portera malheur.... c'est le plus clairvoyant coquin.... Allons, allons, qu'il parte avec son chevalier errant!

SCÈNE IV.

BÉGEARSS, ,SUZANNE.

SUZANNE, accourant, fait un cri d'étonnement, de voir un autre que Figaro.

Ah! (A part.)Ce n'est pas lui!

BÉGEARSS.

Quelle surprise! et qu'attendais-tu donc?

SUZANNE, se remettant.

Personne. On se croit seule ici...

BÉGEARSS.

Puisque je t'y rencontre, un mot avant le comité.

SUZANNE.

Que parlez-vous de comité? Réellement depuis deux ans on n'entend plus du tout la langue de ce pays.

BÉGEARSS, riant sardoniquement.

Hé; hé... (Il pétrit dans sa boîte une prise de tabac.) Ce comité, ma chère, est une conférence entre la comtesse, notre jeune pupille et moi, sur le grand objet que tu sais.

SUZANNE.

Après la scène que j'ai vue, osez-vous encore l'espérer?

BÉGEARSS, bien fat.

Oser l'espérer... Non. Mais seulement... je l'épouse ce soir.

SUZANNE, vivement.

Malgré son amour pour Léon!

BÉGEARSS.

Bonne femme! qui me disais: « Si vous faites cela, monsieur... »

SUZANNE.

Eh! qui eût pu l'imaginer?

BÉGEARSS, prenant son tabac en plusieurs fois.

Enfin, que dit-on? parle-t-on? Toi qui vis dans l'intérieur, qui as l'honneur des confidences, y pense-t-on du bien de moi? car c'est le point important.

SUZANNE.

L'important serait de savoir quel talisman vous employez pour dominer tous les esprits? Monsieur ne parle de vous qu'avec enthousiasme! ma maîtresse vous porte aux nues? son fils n'a d'espoir qu'en vous seul! notre pupille vous révère!....

BÉGEARSS, d'un ton bien fat, secouant son tabac de son jabot.

Et toi, Suzanne, qu'en dis-tu?

SUZANNE.

Ma foi, monsieur, je vous admire. Au milieu du désordre affreux que vous entretenez ici, vous seul êtes calme et tranquille; il me semble entendre un génie qui fait tout mouvoir à son gré.

BÉGEARSS, bien fat.

Mon enfant, rien n'est plus aisé. D'abord il n'est que deux pivots sur quoi tout roule dans le monde, la morale et la politique. La morale, tant soit peu mesquine, consiste à être juste et vrai : elle est, dit-on, la clef de quelques vertus routinières.

SUZANNE.

Quant à la politique...?

BÉGEARSS, avec chaleur.

Ah! c'est l'art de créer des faits, de dominer, en se jouant, les événemens et les hommes; l'intérêt est son but, l'intrigue son moyen; toujours sobre de vérités, ses vastes et riches conceptions sont un prisme qui éblouit. Aussi profonde que l'Etna, elle brûle et gronde long-temps avant d'éclater au dehors; mais alors rien ne lui résiste : elle exige de hauts talens ; le scrupule seul peut lui nuire. (En riant.) C'est le secret des négociateurs.

SUZANNE.

Si la morale ne vous échauffe pas, l'autre, en revanche, excite en vous un assez vif enthousiasme.

BÉGEARSS, averti, revient à lui.

Eh... ce n'est pas elle ; c'est toi.—Ta comparaison d'un génie...—Le chevalier vient ; laisse-nous...

SCÈNE V.

LÉON, BEGEARSS.

LÉON.

Monsieur Bégearss, je suis au désespoir.

BÉGEARSS, d'un ton protecteur.

Qu'est-il arrivé, jeune ami ?

LÉON.

Mon père vient de me signifier, avec une dureté...! que j'eusse à faire, sous deux jours, tous les apprêts de mon départ pour Malte. Point d'autre train, dit-il, que Figaro, qui m'accompagne, et un valet qui courra devant nous.

BÉGEARSS.

Cette conduite est en effet bizarre pour qui ne sait pas son secret ; mais nous qui l'avons pénétré, notre devoir est de le plaindre. Ce voyage est le fruit d'une frayeur bien excusable. Malte et vos vœux ne sont que le prétexte : un amour qu'il redoute est son véritable motif.

LÉON, avec douleur.

Mais, mon ami, puisque vous l'épousez ?

BÉGEARSS, confidentiellement.

Si son frère le croit utile à suspendre un fâcheux départ... je ne verrais qu'un seul moyen...

LÉON.

O mon ami ! dites-le-moi.

BÉGEARSS.

Ce serait que madame votre mère vainquît cette
timidité qui l'empêche, avec lui, d'avoir une
opinion à elle ; car sa douceur vous nuit bien
plus que ne ferait un caractère trop ferme.—Sup-
posons qu'on lui ait donné quelque prévention
injuste : qui a le droit, comme une mère, de
rappeler un père à la raison ? Engagez-là à le
tenter.... non pas aujourd'hui, mais... demain,
et sans y mettre de faiblesse.

LÉON.

Mon ami, vous avez raison : cette crainte est
son vrai motif. Sans doute il n'y a que ma mère
qui puisse le faire changer. La voici qui vient
avec celle... que je n'ose plus adorer. (Avec douleur.)
O mon ami ! rendez-la bien heureuse !

BÉGEARSS, caressant.

En lui parlant tous les jours de son frère.

SCÈNE VI.

LA COMTESSE, FLORESTINE, BÉGEARSS, SUZANNE, LEON.

LA COMTESSE, coiffée, parée, portant une robe rouge et noire,
et son bouquet de même couleur.

Suzanne, donne mes diamans. (Suzanne va les
chercher.)

BÉGEARSS, affectant de la dignité.

Madame, et vous, mademoiselle, je vous
laisse avec cet ami ; je confirme d'avance tout ce
qu'il va vous dire. Hélas ! ne pensez point au
bonheur que j'aurais de vous appartenir à tous ;

votre repos doit seul vous occuper. Je n'y veux concourir que sous la forme que vous adopterez : mais, soit que mademoiselle accepte ou non mes offres, recevez ma déclaration, que toute la fortune dont je viens d'hériter lui est destinée de ma part, dans un contrat, ou par un testament; je vais en faire dresser les actes : mademoiselle choisira. Après ce que je viens de dire, il ne conviendrait pas que ma présence ici gênât un parti qu'elle doit prendre en toute liberté; mais, quel qu'il soit, ô mes amis! sachez qu'il est sacré pour moi : je l'adopte sans restriction. (Il salue profondément, et sort.)

SCÈNE VII.

LA COMTESSE, LÉON, FLORESTINE.

LA COMTESSE le regarde aller.

C'est un ange envoyé du ciel pour réparer tous nos malheurs.

LÉON, avec une douleur ardente.

O Florestine! il faut céder; ne pouvant être l'un à l'autre, nos premiers élans de douleur nous avaient fait jurer de n'être jamais à personne; j'accomplirai ce serment pour nous deux. Ce n'est pas tout-à-fait vous perdre, puisque je retrouve une sœur où j'espérais posséder une épouse. Nous pourrons encore nous aimer.

SCÈNE VIII.

LA COMTESSE, LÉON, FLORESTINE, SUZANNE.

(Suzanne apporte l'écrin.)

LA COMTESSE, en parlant, met ses boucles d'oreilles, ses bagues, son bracelet, sans rien regarder.

Florestine! épouse Bégearss; ses procédés l'en

rendent digne ; et puisque cet hymen fait le bonheur de ton parrain, il faut l'achever aujourd'hui.
(Suzanne sort et emporte l'écrin.)

SCÈNE IX.

LA COMTESSE, LÉON, FLORESTINE.

LA COMTESSE, à Léon.

Nous, mon fils, ne sachons jamais ce que nous devons ignorer. Tu pleures, Florestine !

FLORESTINE, pleurant.

Ayez pitié de moi, madame ! Eh ! comment soutenir autant d'assauts en un seul jour ? A peine j'apprends qui je suis, qu'il faut renoncer à moi-même, et me livrer... Je meurs de douleur et d'effroi. Dénuée d'objections contre monsieur Bégearss, je sens mon cœur à l'agonie en pensant qu'il peut devenir... Cependant il le faut ; il faut me sacrifier au bien de ce frère chéri, à son bonheur, que je ne puis plus faire. Vous dites que je pleure ! Ah ! je fais plus pour lui que si je lui donnais ma vie. Maman, ayez pitié de nous ! bénissez vos enfans ! ils sont bien malheureux ! (Elle se jette à genoux ; Léon en fait autant.)

LA COMTESSE, leur imposant les mains.

Je vous bénis, mes chers enfans. Ma Florestine, je t'adopte. Si tu savais à quel point tu m'es chère ! Tu seras heureuse, ma fille, et du bonheur de la vertu ; celui-là peut dédommager des autres. (Ils se relèvent.)

FLORESTINE.

Mais croyez-vous, madame, que mon dévouement le ramène à Léon, à son fils ? car il ne faut pas se flatter : son injuste prévention va quelquefois jusqu'à la haine.

LA COMTESSE.

Chère fille, j'en ai l'espoir.

LÉON.

C'est l'avis de monsieur Bégearss; il me l'a dit; mais il m'a dit aussi qu'il n'y a que maman qui puisse opérer ce miracle. Aurez-vous donc la force de lui parler en ma faveur?

LA COMTESSE.

Je l'ai tenté souvent, mon fils, mais sans aucun fruit apparent.

LÉON.

O ma digne mère! c'est votre douceur qui m'a nui. La crainte de le contrarier vous a trop empêchée d'user de la juste influence que vous donnent votre vertu et le respect profond dont vous êtes entourée. Si vous lui parliez avec force, il ne vous résisterait pas.

LA COMTESSE.

Vous le croyez, mon fils? je vais l'essayer devant vous. Vos reproches m'affligent presque autant que son injustice. Mais, pour que vous ne gêniez pas le bien que je dirai de vous, mettez-vous dans mon cabinet; vous m'entendrez, de là, plaider une cause si juste; vous n'accuserez plus une mère de manquer d'énergie quand il faut défendre son fils! (Elle sonne.) Florestine, la décence ne te permet pas de rester; va t'enfermer; demande au ciel qu'il m'accorde quelque succès, et rende enfin la paix à ma famille désolée. (Florestine sort.)

SCENE X

LA COMTESSE, LÉON, SUZANNE.

SUZANNE.

Que veut madame? elle a sonné.

LA COMTESSE.

Prie Monsieur, de ma part, de passer un moment ici.

SUZANNE, effrayée.

Madame, vous me faites trembler! Ciel! que va-t-il donc se passer ici? Quoi! Monsieur qui ne vient jamais... sans...

LA COMTESSE.

Fais ce que je te dis, Suzanne, et ne prends nul souci du reste. (Suzanne sort en levant les bras au ciel, de terreur.)

SCÈNE XI.

LA COMTESSE, LÉON.

LA COMTESSE.

Vous allez voir, mon fils, si votre mère est faible en défendant vos intérêts. Mais laissez-moi me recueillir, me préparer, par la prière, à cet important plaidoyer. (Léon entre au cabinet de sa mère.)

SCÈNE XII.

LA COMTESSE, un genou sur son fauteuil.

Ce moment me semble terrible, comme le jugement dernier! Mon sang est prêt à s'arrêter... O mon Dieu! donnez-moi la force de frapper au cœur d'un époux! (Plus bas.) Vous seul connaissez les motifs qui m'ont toujours fermé la bouche! Ah! s'il ne s'agissait que du bonheur de mon fils, vous savez, ô mon Dieu! si j'oserais dire un seul mot pour moi. Mais enfin, s'il est vrai qu'une faute pleurée vingt ans ait obtenu de vous un généreux pardon, comme un sage ami m'en assure, ô mon Dieu! donnez-moi la force de frapper au cœur d'un époux!

SCÈNE XIII.

LA COMTESSE, LE COMTE, LÉON, caché.

LE COMTE, sèchement.

Madame, on dit que vous me demandez?

LA COMTESSE, timidement.

J'ai cru, monsieur, que nous serions plus libres dans ce cabinet que chez vous.

LE COMTE.

M'y voilà, madame, parlez.

LA COMTESSE, tremblante.

Asseyons-nous, monsieur, je vous conjure, et prêtez-moi votre attention.

LE COMTE, impatient.

Non, j'entendrai debout : vous savez qu'en parlant je ne saurais tenir en place.

LA COMTESSE, s'asseyant, avec un soupir, et parlant bas.

Il s'agit de mon fils... monsieur.

LE COMTE, brusquement.

De votre fils, madame !

LA COMTESSE.

Et quel autre intérêt pourrait vaincre ma répugnance à engager un entretien que vous ne recherchez jamais ? Mais je viens de le voir dans un état à faire compassion; l'esprit troublé, le cœur serré de l'ordre que vous lui donnez de partir sur-le-champ; surtout du ton de dureté qui accompagne cet exil. Hé, comment a-t-il encouru la disgrâce d'un p.... d'un homme si juste? Depuis qu'un exécrable duel nous a ravi notre autre fils...

LE COMTE, les mains sur le visage, avec un air de douleur.

Ah...!

LA COMTESSE.

Celui-ci, qui jamais ne dut connaître le cha-

grin, a redoublé de soins et d'attentions pour
adoucir l'amertume des nôtres.

LE COMTE , se promenant doucement.

Ah...!

LA COMTESSE.

Le caractère emporté de son frère, son désordre, ses goûts et sa conduite déréglée nous en
donnaient souvent de bien cruels. Le ciel sévère,
mais sage en ses décrets, en nous privant de cet
enfant, nous en a peut-être épargné de plus cuisans
pour l'avenir.

LE COMTE , avec douleur.

Ah...! Ah...!

LA COMTESSE.

Mais enfin, celui qui nous reste a-t-il jamais
manqué à ses devoirs? Jamais le plus léger reproche fut-il mérité de sa part ? Exemple des hommes de son âge, il a l'estime universelle : il est
aimé, cherché, consulté. Son p... protecteur naturel, mon époux seul, paraît avoir les yeux fermés sur un mérite transcendant, dont l'éclat
frappe tout le monde. (Le comte se promène plus vite
sans parler. La comtesse, prenant courage de son silence, continue d'un ton plus ferme , et l'élève par degrés.) En tout
autre sujet, monsieur, je tiendrais à fort grand
honneur de vous soumettre mon avis, de mo-
deler mes sentimens, ma faible opinion sur la
vôtre ; mais il s'agit.... d'un fils... (Le comte s'agite
en marchant.) Quand il avait un frère aîné, l'orgueil d'un très-grand nom le condamnant au
célibat, l'ordre de Malte était son sort. Le pré-
jugé semblait alors couvrir l'injustice de ce partage entre deux fils (timidement) égaux en droits.

LE COMTE s'agite plus fort. (A part, d'un ton étouffé.)

Egaux en droits...!

LA COMTESSE, un peu plus fort.

Mais depuis deux années qu'un accident affreux... les lui a tous transmis, n'est-il pas étonnant que vous n'ayez rien entrepris pour le relever de ses vœux ? Il est de notoriété que vous n'avez quitté l'Espagne que pour dénaturer vos biens, par la vente, ou par des échanges. Si c'est pour l'en priver, monsieur, la haine ne va pas plus loin ! Puis, vous le chassez de chez vous, et semblez lui fermer la maison p.... par vous habitée ! Permettez-moi de vous le dire : un traitement aussi étrange est sans excuse aux yeux de la raison. Qu'a-t-il fait pour le mériter ?

LE COMTE s'arrête, d'un ton terrible.

Ce qu'il a fait !

LA COMTESSE, effrayée.

Je voudrais bien, monsieur, ne pas vous offenser.

LE COMTE, plus fort.

Ce qu'il a fait, madame ! et c'est vous qui le demandez ?

LA COMTESSE, en désordre.

Monsieur, monsieur, vous m'effrayez beaucoup !

LE COMTE, avec fureur.

Puisque vous avez provoqué l'explosion du ressentiment qu'un respect humain enchaînait, vous entendrez son arrêt et le vôtre.

LA COMTESSE, plus troublée.

Ah, monsieur ! ah, monsieur...!

LE COMTE.

Vous demandez ce qu'il a fait ?

LA COMTESSE, levant les bras.

Non, monsieur, ne me dites rien !

LE COMTE, hors de lui.

Rappelez-vous, femme perfide, ce que vous avez fait vous-même! et comment, recevant un adultère dans vos bras, vous avez mis dans ma maison cet enfant étranger, que vous osez nommer mon fils!

LA COMTESSE, au désespoir, veut se lever.

Laissez-moi m'enfuir, je vous prie.

LE COMTE, la clouant sur son fauteuil.

Non, vous ne fuirez pas; vous n'échapperez point à la conviction qui vous presse. (Lui montrant sa lettre) Connaissez-vous cette écriture? Elle est tracée de votre main coupable! et ces caractères sanglans qui lui servirent de réponse...

LA COMTESSE, anéantie.

Je vais mourir! je vais mourir!

LE COMTE, avec force.

Non, non; vous entendrez les traits que j'en ai soulignés! (Il lit avec égarement.) « Malheureux insensé! notre sort est rempli; votre crime, le mien, reçoit sa punition. Aujourd'hui, jour de Saint-Léon, patron de ce lieu, et le vôtre, je viens de mettre au monde un fils; mon opprobre et mon désespoir...» (Il parle.) Et cet enfant est né le jour de Saint-Léon, plus de dix mois après mon départ pour la Vera-Crux! (Pendant qu'il lit très-fort, on entend la comtesse, égarée, dire des mots coupés qui partent du délire.)

LA COMTESSE, priant, les mains jointes.

Grand Dieu, tu ne permets donc pas que le crime le plus caché demeure toujours impuni!

LE COMTE.

... Et de la main du corrupteur! (Il lit.) «L'ami qui vous rendra ceci, quand je ne serai plus, est sûr. »

LA COMTESSE, priant.

Frappe, mon Dieu ! car je l'ai mérité !

LE COMTE lit.

« Si la mort d'un infortuné vous inspirait un
reste de pitié, parmi les noms qu'on va donner à
ce fils, héritier d'un autre...»

LA COMTESSE priant.

Accepte l'horreur que j'éprouve, en expiation
de ma faute !

LE COMTE lit,

« Puis-je espérer que le nom de Léon...? »
(Il parle.) Et ce fils s'appelle Léon !

LA COMTESSE, égarée, les yeux fermés.

Oh, Dieu ! mon crime fut bien grand, s'il
égala ma punition ! Que ta volonté s'accomplisse !

LE COMTE, plus fort.

Et, couverte de cet opprobre, vous osez me
demander compte de mon éloignement pour lui ?

LA COMTESSE, priant toujours.

Qui suis-je, pour m'y opposer, lorsque ton
bras s'appesantit ?

LE COMTE.

Et lorsque vous plaidez pour l'enfant de cet
malheureux, vous avez au bras mon portrait !

LA COMTESSE en le détachant le regarde.

Monsieur, monsieur, je le rendrai ; je sais que
je n'en suis pas digne. (Dans le plus grand égarement.)
Ciel ! que m'arrive-t-il ? Ah ! je perds la raison !
Ma conscience troublée fait naître des fantômes !
—Réprobation anticipée...! Je vois ce qui n'existe
pas... Ce n'est plus vous ; c'est lui qui me fait
signe de le suivre, d'aller le rejoindre au tombeau !

LE COMTE, effrayé.

Comment ? Eh bien ! Non, ce n'est pas....

LA COMTESSE , en délire.

Ombre terrible ! éloigne-toi !

LE COMTE crie avec douleur.

Ce n'est pas ce que vous croyez !

LA COMTESSE jette le bracelet par terre.

Attends... Oui, je t'obéirai...

LE COMTE , plus troublé.

Madame, écoutez-moi...

LA COMTESSE.

J'irai.... je t'obéis.... je meurs.... (Elle reste évanouie.)

LE COMTE , effrayé , ramasse le bracelet.

J'ai passé la mesure... Elle se trouve mal....
Ah ! Dieu ! courons lui chercher du secours.
(Il sort, il s'enfuit. Les convulsions de la douleur font glisser
la comtesse à terre.)

SCÈNE XIV.

LA COMTESSE , évanouie ; LÉON , accourant.

LÉON , avec force.

O ma mère...! ma mère ! c'est moi qui te donne
la mort ! (Il l'enlève et la remet sur son fauteuil, évanouie.)
Que ne suis-je parti sans rien exiger de personne !
j'aurais prévenu ces horreurs !

SCÈNE XV.

LE COMTE ; LA COMTESSE, évanouie ; LÉON ,
SUZANNE.

LE COMTE , en rentrant s'écrie.

Et son fils !

LÉON , égaré.

Elle est morte ! Ah ! je ne lui survivrai pas !
(Il l'embrasse en criant.)

BEAUMARCHAIS. T. III.   5

LE COMTE, effrayé.

Des sels! des sels! Suzanne! un million si
vous la sauvez!

LÉON.

O malheureuse mère!

SUZANNE.

Madame, aspirez ce flacon. Soutenez-là monsieur, je vais tâcher de la desserrer.

LE COMTE, égaré.

Romps tout, arrache tout! Ah j'aurais dû la
ménager!

LÉON, criant avec délire.

Elle est morte! elle est morte!

SCÈNE XVI.

LE COMTE; LA COMTESSE, évanouie; LÉON,
SUZANNE; FIGARO, accourant.

FIGARO.

Et qui, morte? Madame? Apaisez donc ces
cris! c'est vous qui la ferez mourir. (Il lui prend le
bras.) Non elle ne l'est pas; ce n'est qu'une suf-
focation; le sang lui monte avec violence. Sans
perdre de temps, il faut la soulager, je vais chercher ce qu'il faut.

LE COMTE, hors de lui.

Des ailes, Figaro! ma fortune est à toi.

FIGARO, vivement.

J'ai bien besoin de vos promesses lorsque Madame est en péril! (Il sort en courant.)

SCÈNE XVII.

LE COMTE; LA COMTESSE, évanouie; LÉON,
SUZANNE.

LÉON, lui tenant le flacon sous le nez.

Si l'on pouvait la faire respirer! O Dieu!

rends-moi ma malheureuse mère....! La voici qui revient...

SUZANNE, pleurant.

Madame! allons, madame...!

LA COMTESSE, revenant à elle.

Ah! qu'on a de peine à mourir!

LÉON, égaré.

Non, maman, vous ne mourrez pas!

LA COMTESSE, égarée.

O ciel! entre mes juges! entre mon époux et mon fils! tout est connu... et criminelle envers tous deux... (Elle se jette à terre et se prosterne.) Vengez-vous l'un et l'autre! il n'est plus de pardon pour moi! (Avec horreur.) Mère coupable! épouse indigne! un instant nous a tous perdus. J'ai mis l'horreur dans ma famille! j'alumai la guerre intestine entre le père et les enfans! Ciel juste! il fallait bien que ce crime fût découvert! Puisse ma mort expier mon forfait!

LE COMTE, au désespoir.

Non revenez à vous! votre douleur a déchiré mon âme! Asseyons-la. Léon...! mon fils! (Léon fait un grand mouvement.) Suzanne, asseyons-la. (Ils la remettent sur le fauteuil.)

SCÈNE XVIII.

LES PRÉCÉDENS, FIGARO.

FIGARO, accourant.

Elle a repris sa connaissance?

SUZANNE.

Ah, Dieu! j'étouffe aussi. (Elle se desserre.)

LE COMTE crie.

Figaro! vos secours?

FIGARO, étouffé.

Un moment; calmez-vous. Son état n'est plus

si pressant. Moi, qui étais dehors, grand Dieu! je suis rentré bien à propos...! Elle m'avait fort effrayé! Allons, madame! du courage!

LA COMTESSE, priant, renversée.

Dieu de bonté, fais que je meure!

LÉON, en l'asseyant mieux.

Non, maman, vous ne mourrez point, et nous réparerons nos torts. Monsieur! vous que je n'outragerai plus en vous donnant un autre nom, reprenez vos titres, vos biens, je n'y avais nul droit : hélas! je l'ignorais. Mais, par pitié, n'écrasez point d'un déshonneur public cette infortunée qui fut votre... Une erreur expiée par vingt années de larmes est-elle encore un crime, alors qu'on fait justice? Ma mère et moi, nous nous bannissons de chez vous.

LE COMTE, exalté.

Jamais! vous n'en sortirez point.

LÉON.

Un couvent sera sa retraite ; et moi, sous mon nom de Léon, sous le simple habit d'un soldat, je défendrai la liberté de notre nouvelle patrie. Inconnu, je mourrai pour elle, je la servirai en zélé citoyen. (Suzanne pleure dans un coin ; Figaro est absorbé dans l'autre.)

LA COMTESSE, péniblement.

Léon! mon cher enfant! ton courage me rend la vie! Je puis encore la supporter, puisque mon fils a la vertu de ne pas détester sa mère. Cette fierté dans le malheur sera ton noble patrimoine. Il m'épousa sans biens ; n'exigeons rien de lui. Le travail de mes mains soutiendra ma faible existence ; et toi, tu serviras l'état.

LE COMTE, avec désespoir.

Non, Rosine! jamais. C'est moi qui suis le

vrai coupable! de combien de vertus je privais
ma triste vieillesse!...

LA COMTESSE.

Vous en serez enveloppé. — Florestine et Bégearss vous restent. Floresta, votre fille, l'enfant
chéri de votre cœur...

LE COMTE, étonné.

Comment...! d'où savez-vous...? qui vous l'a
dit...?

LA COMTESSE.

Monsieur, donnez-lui tous vos biens, mon fils
et moi n'y mettrons point d'obstacle; son bonheur
nous consolera. Mais, avant de nous séparer,
que j'obtienne au moins une grâce! Apprenez-
moi comment vous êtes possesseur d'une terrible
lettre que je croyais brûlée avec les autres? Quelqu'un m'a-t-il trahie?

FIGARO, s'écriant.

Oui! l'infâme Bégearss; je l'ai surpris tantôt
qui la remettait à Monsieur.

LE COMTE, parlant vite.

Non, je la dois au seul hasard. Ce matin, lui
et moi, pour un tout autre objet, nous exāmi-
nions votre écrin, sans nous douter qu'il eût un
double fond. Dans le débat et sous ses doigts, le
secret s'est ouvert soudain, à son très-grand
étonnement. Il a cru le coffre brisé!

FIGARO, criant plus fort.

Son étonnement d'un secret? Le monstre!
C'est lui qui l'a fait faire!

LE COMTE.

Est-il possible?

LA COMTESSE.

Il est trop vrai!

5.

LE COMTE.

Des papiers frappent nos regards : il en ignorait l'existence, et, quand j'ai voulu les lui lire, il a refusé de les voir.

SUZANNE, s'écriant.

Il les a lus cent fois avec Madame !

LE COMTE.

Est-il vrai ? Les connaissait-il ?

LA COMTESSE.

Ce fut lui qui me les remit, qui les apporta de l'armée, lorsqu'un infortuné mourut...

LE COMTE.

Cet ami sûr, instruit de tout...?

LA COMTESSE, FIGARO, SUZANNE, ensemble, criant.

C'est lui !

LE COMTE.

O scélératesse infernale ! Avec quel art il m'avait engagé ! A présent je sais tout.

FIGARO.

Vous le croyez !

LE COMTE.

Je connais son affreux projets. Mais, pour en être plus certain, déchirons le voile en entier. Par qui savez-vous donc ce qui touche ma Florestine ?

LA COMTESSE, vite.

Lui seul m'en a fait confidence.

LÉON, vite.

Il me l'a dit sous le secret.

SUZANNE, vite.

Il me l'a dit aussi.

LE COMTE, avec horreur.

O monstre ! Et moi j'allais la lui donner ! mettre ma fortune entre ses mains !

FIGARO, vivement.

Plus d'un tiers y serait déjà si je n'avais porté,

sans vous le dire, vos trois millions d'or en dépôt chez M. Fal : vous alliez l'en rendre le maître, heureusement je m'en suis douté. Je vous ai donné son reçu...

LE COMTE, vivement.

Le scélérat vient de me l'enlever, pour en aller toucher la somme.

FIGARO, désolé.

O proscription sur moi ! Si l'argent est remis, tout ce que j'ai fait est perdu ! Je cours chez M. Fal. Dieu veuille qu'il ne soit pas trop tard !

LE COMTE, à Figaro.

Le traître n'y peut être encore.

FIGARO.

S'il a perdu un temps, nous le tenons. J'y cours. (Il veut sortir.)

LE COMTE, vivement, l'arrête.

Mais Figaro ! que le fatal secret dont ce moment vient de t'instruire reste enseveli dans ton sein !

FIGARO, avec une grande sensibilité.

Mon maître ! il y a vingt ans qu'il est dans ce sein-là, et dix que je travaille à empêcher qu'un monstre n'en abuse ! Attendez surtout mon retour, avant de prendre aucun parti.

LE COMTE, vivement.

Penserait-il se disculper ?

FIGARO.

Il fera tout pour le tenter. (Il tire une lettre de sa poche); mais voici le préservatif. Lisez le contenu de cette épouvantable lettre ; le secret de l'enfer est là. Vous me saurez bon gré d'avoir tout fait pour me la procurer. (Il lui remet la lettre de Bégearss.) Suzanne ! des gouttes à ta maîtresse ! Tu sais comment je les prépare ! (Il lui donne un flacon.) Passez-la sur sa chaise longue; et le plus grand calme autour d'elle. Monsieur, au moins ne recommencez pas ; elle s'éteindrait dans nos mains !

LE COMTE, exalté.

Recommencer ! Je me ferais horreur !

FIGARO, à la comtesse.

Vous l'entendez, madame ? le voilà dans son caractère ! et c'est mon maître que j'entends. Ah ! je l'ai toujours dit de lui : la colère, chez les bons cœurs, n'est qu'un besoin pressant de pardonner ! (Il sort précipitamment. Le comte et Léon la prennent sous le bras; ils sortent tous)

ACTE CINQUIÈME.

Le théâtre représente le salon du premier acte.

SCÈNE PREMIÈRE.

LE COMTE, LA COMTESSE, LÉON, SUZANNE.

(La comtesse, sans rouge, dans le plus grand désordre de parure.)

LÉON, soutenant sa mère.

Il fait trop chaud, maman, dans l'appartement intérieur. Suzanne, avance une bergère (On l'assied.)

LE COMTE, attendri, arrangeant les coussins.

Etes-vous bien assise ? Eh ! pleurer encore !

LA COMTESSE, accablée.

Ah , laissez-moi verser des larmes de soulagement ! Ces récits affreux m'ont brisée ! Cette infâme lettre surtout...

LE COMTE, délirant.

Marié en Irlande, il épousait ma fille! et tout
mon bien placé sur la banque de Londres eût fait
vivre un repaire affreux, jusqu'à la mort du
dernier de nous tous...! Et qui sait, grand Dieu!
quels moyens...!

LA COMTESSE.

Homme infortuné! calmez-vous! Mais il est
temps de faire descendre Florestine; elle avait le
cœur si serré de ce qui devait lui arriver! Va la
chercher, Suzanne, et ne l'instruis de rien.

LE COMTE, avec dignité.

Ce que j'ai dit à Figaro, Suzanne, était pour
vous comme pour lui.

SUZANNE.

Monsieur, celle qui vit Madame pleurer,
prier pendant vingt ans, a trop gémi de ses douleurs pour rien faire qui les accroisse! (Elle sort.)

SCÈNE II.

LE COMTE, LA COMTESSE, LÉON.

LE COMTE, avec un vif sentiment.

Ah, Rosine! séchez vos pleurs; et maudit
soit qui vous affligera!

LA COMTESSE.

Mon fils, embrasse les genoux de ton généreux protecteur; et rends-lui grâce pour ta
mère. (Il veut se mettre à genoux.)

LE COMTE le relève.

Oublions le passé, Léon. Gardons-en le silence, et n'émouvons plus votre mère. Figaro
demande un grand calme. Ah! respectons sur-

tout la jeunesse de Florestine, en lui cachant soigneusement les causes de cet accident.

SCÈNE III

LES PRÉCÉDENS, FLORESTINE, SUZANNE.

FLORESTINE, accourant.

Mon Dieu! maman, qu'avez-vous donc?

LA COMTESSE.

Rien que d'agréable à t'apprendre; et ton parrain va t'en instruire.

LE COMTE.

Hélas, ma Florestine! je frémis du péril où j'allais plonger ta jeunesse. Grâce au ciel, qui dévoile tout, tu n'épouseras point Bégearss! Non, tu ne seras point la femme du plus épouvantable ingrat...!

FLORESTINE.

Ah, ciel! Léon...!

LÉON.

Ma sœur, il nous a tous joués!

FLORESTINE, au comte.

Sa sœur!

LE COMTE.

Il nous trompait. Il trompait les uns par les autres; et tu étais le prix de ses horribles perfidies. Je vais le chasser de chez moi.

LA COMTESSE.

L'instinct de ta frayeur te servait mieux que nos lumières. Aimable enfant! rends grâce au ciel! qui te sauve d'un tel danger!

LÉON.

Ma sœur, il nous a tous joués!

FLORESTINE, au comte.

Monsieur, il m'appelle sa sœur!

LA COMTESSE, exaltée.

Oui, Floresta, tu es à nous. C'est là notre secret chéri. Voilà ton père, voilà ton frère ; et moi je suis ta mère pour la vie. Ah ! garde-toi de l'oublier jamais ! (Elle tend la main au comte.) Almaviva ! pas vrai qu'elle est *ma fille ?*

LE COMTE, exalté.

Et lui *mon fils ;* voilà nos deux enfans. (Tous se serrent dans les bras l'un de l'autre.)

SCÈNE IV.

LES PRÉCÉDENS, FIGARO, M. FAL, notaire.

FIGARO, accourant et jetant son manteau.

Malédiction ! il a le porte-feuille. J'ai vu le traître l'emporter quand je suis entré chez Monsieur.

LE COMTE.

O monsieur Fal, vous vous êtes trop pressé !

M. FAL, vivement.

Non, monsieur, au contraire. Il est resté plus d'une heure avec moi, m'a fait achever le contrat, y insérer la donation qu'il fait. Puis il m'a remis mon reçu, au bas duquel était le vôtre, en me disant que la somme est à lui, qu'elle est un fruit d'hérédité ; qu'il vous l'a remise en confiance...

LE COMTE.

O scélérat ? Il n'oublie rien !

FIGARO.

Que de trembler sur l'avenir !

M. FAL.

Avec ces éclaircissemens, ai-je pu refuser le porte-feuille qu'il exigeait ? Ce sont trois millions au porteur. Si vous rompez le mariage, et qu'il veuille garder l'agent, c'est un mal presque sans remède.

LE COMTE, avec véhémence.

Que tout l'or du monde périsse, et que je sois débarrassé de lui!

FIGARO, jetant son chapeau dans un fauteuil.

Dussé-je être pendu, il n'en gardera pas une obole! (A Suzanne.) Veille au dehors, Suzanne. (Elle sort.)

M. FAL.

Avez-vous un moyen de lui faire avouer devant de bons témoins qu'il tient ce trésor de Monsieur? Sans cela, je défie qu'on puisse le lui arracher.

FIGARO.

S'il apprend par son Allemand ce qui ce passe dans l'hôtel, il n'y rentrera plus.

LE COMTE, vivement.

Tant mieux! c'est tout ce que je veux. Ah! qu'il garde le reste.

FIGARO, vivement.

Lui laisser, par dépit, l'héritage de vos enfans? Ce n'est pas vertu, c'est faiblesse.

LÉON, fâché.

Figaro!

FIGARO, plus fort.

Je ne m'en dédis point. (Au comte.) Qu'obtiendra donc de vous l'attachement, si vous payez ainsi la perfidie?

LE COMTE, se fâchant.

Mais l'entreprendre sans succès, c'est lui ménager un triomphe.

SCÈNE V.

LES PRÉCÉDENS, SUZANNE.

SUZANNE, à la porte, et criant.

Monsieur Bégearss qui rentre ! (Elle sort.)

SCÈNE VI.

LES PRÉCÉDENS, excepté Suzanne.

(Ils font tous un grand mouvement.)

LE COMTE, hors de lui.

O traître !

FIGARO, très-vite.

On ne peut plus se concerter ; mais si vous m'écoutez et me secondez tous, pour lui donner une sécurité profonde, j'engage ma tête au succès.

M. FAL.

Vous allez lui parler du portefeuille et du contrat ?

FIGARO, très-vite.

Non pas, il en sait trop pour l'entamer si brusquement : il faut l'amener de plus loin à faire un aveu volontaire. (Au comte.) Feignez de vvouloir me chasser.

LE COMTE, troublé.

Mais, mais, sur quoi ?

SCÈNE VII.

LES PRÉCÉDENS, BÉGEARSS, SUZANNE.

SUZANNE, accourant.

Monsieur Bégeaaaaaaarss ! (Elle se range près de la comtesse. Bégearss montre une grande surprise.)

FIGARO, s'écriant en le voyant.

Monsieur Bégearss ! (Humblement.) Eh bien ! ce n'est qu'une humiliation de plus. Puisque vous

attachez à l'aveu des mes torts le pardon que je
sollicite, j'espère que Monsieur ne sera pas moins
généreux.

BÉGEARSS, étonné.

Qu'y a-t-il donc ? Je vous trouve assemblés !

LE COMTE, brusquement.

Pour chasser un sujet indigne.

BÉGEARSS, plus surpris encore, voyant le notaire.

Et monsieur Fal?

M. FAL, lui montrant le contrat.

Voyez qu'on ne perd point de temps ; tout ici
concourt avec vous.

BÉGEARSS, surpris.

Ha, ha...!

LE COMTE, impatient, à Figaro.

Pressez-vous ; ceci me fatigue. (Pendant cette
scène, Bégearss les examine l'un après l'autre, avec la plus
grande attention.)

FIGARO, l'air suppliant, adressant la parole au comte.

Puisque la feinte est inutile, achevons mes tristes aveux. Oui, pour nuire à monsieur Bégearss,
je répète avec confusion que je me suis mis à l'é-
pier, le suivre et le troubler partout : (Au comte.)
car Monsieur n'avait pas sonné lorsque je suis
entré chez lui pour savoir ce qu'on faisait du
coffre aux brillans de madame, que j'ai trouvé
là tout ouvert.

BÉGEARSS.

Certes, ouvert, à mon grand regret!

LE COMTE fait un mouvement inquiétant, à part.

Quelle audace!

FIGARO, se courbant, le tire par l'habit pour l'avertir.

Ah! mon maître!

M. FAL, effrayé.

Monsieur!

BÉGEARSS, au comte, à part.

Modérez-vous, ou nous ne saurons rien. (Le comte frappe du pied, Bégearss l'examine.)

FIGARO, soupirant, dit au comte.

C'est ainsi que, sachant Madame enfermée avec lui pour brûler de certains papiers dont je connaissais l'importance, je vous ai fait venir subitement.

BÉGEARSS, au comte.

Vous l'ai-je dit ? (Le comte mord son mouchoir de fureur.)

SUZANNE, bas, à Figaro, par derrière.

Achève, achève !

FIGARO.

Enfin, vous voyant tous d'accord, j'avoue que j'ai fait l'impossible pour provoquer entre Madame et vous la vive explication... qui n'a pas eu la fin que j'espérais...

LE COMTE, à Figaro, avec colère.

Finissez-vous ce plaidoyer ?

FIGARO, bien humble.

Hélas ! je n'ai plus rien à dire, puisque c'est cette explication qui a fait chercher monsieur Fal, pour finir ici le contrat. L'heureuse étoile de Monsieur a triomphé de tous mes artifices. Mon maître, en faveur de trente ans...

LE COMTE, avec humeur.

Ce n'est pas à moi de juger. (Il marche vite.)

FIGARO.

Monsieur Bégearss...!

BÉGEARSS, qui a repris sa sécurité, dit ironiquement.

Qui ? moi ! cher ami, je ne comptais guère vous savoir tant d'obligations ! (Élevant son ton.) Voir mon bonheur accéléré par le coupable effort destiné à me le ravir ! (A Léon et Florestine.) O jeunes gens !

quelle leçon ! Marchons avec candeur dans le sentier de la vertu. Voyez que tôt ou tard l'intrigue est la perte de son auteur.

FIGARO, prosterné.

Ah ! oui !

BÉGEARSS, au comte.

Monsieur, pour cette fois encore, et qu'il parte !

LE COMTE, à Bégearss, durement.

C'est là votre arrêt ?... J'y souscris.

FIGARO, ardemment.

Monsieur Bégearss ! je vous le dois. Mais je vois M. Fal pressé d'achever un contrat...

LE COMTE, brusquement.

Les articles m'en sont connus.

M. FAL.

Hors celui-ci. Je vais vous lire la donation que Monsieur fait... (Cherchant l'endroit.) M. M. M. Messire James-Honoré Bégearss... Ah ! (Il lit.) « Et pour donner à la demoiselle future épouse une preuve non équivoque de son attachement pour elle, ledit seigneur futur époux lui fait donation entière de tous les grands biens qu'il possède, consistant aujourd'hui (Il appuie en lisant.) (ainsi qu'il le déclare, et les a exhibés à nous, notaire soussigné) en trois millions d'or ici joints en très-bons effets au porteur. » (Il tend la main en lisant.)

BÉGEARSS.

Les voilà dans ce portefeuille. (Il donne le portefeuille à M. Fal.) Il manque deux milliers de louis, que je viens d'en ôter pour fournir aux apprêts des noces.

FIGARO, montrant le comte, et vivement.

Monsieur a décidé qu'il paierait tout ; j'ai l'ordre.

BÉGEARSS, tirant les effets de sa poche et les remettant au notaire.

En ce cas, enregistrez-les ; que la donation soit entière ! (Figaro, retourné, se tient la bouche pour ne pas rire. M. Fal ouvre le portefeuille, y remet les effets.)

M. FAL, montrant Figaro.

Monsieur va tout additionner, pendant que nous achèverons. (Il donne le portefeuille ouvert à Figaro, qui voyant les effets, dit :

FIGARO, l'air exalté.

Et moi, j'éprouve qu'un bon repentir est comme toute bonne action, qu'il porte aussi sa récompense.

BÉGEARSS.

En quoi?

FIGARO.

J'ai le bonheur de m'assurer qu'il est ici plus d'un généreux homme. Oh ! que le ciel comble les vœux de deux amis aussi parfaits ! Nous n'avons nul besoin d'écrire. (Au comte.) Ce sont vos effets au porteur : oui, monsieur, je les reconnais. Entre M. Bégearss et vous, c'est un combat de générosité ; l'un donne ses biens à l'époux ; l'autre les rend à sa future ! (Aux jeunes gens.) Monsieur, Monsieur, Mademoiselle ! Ah ! quel bienfaisant protecteur, et que vous allez le chérir...! Mais que dis-je ? l'enthousiasme m'aurait-il fait commettre une indiscrétion offensante ? (Tout le monde garde le silence.)

BÉGEARSS, un peu surpris, se remet, prend son parti et dit :

Elle ne peut l'être pour personne, si mon ami ne la désavoue pas ; s'il met mon âme à l'aise, en me permettant d'avouer que je tiens de lui ces effets. Celui-là n'a pas un bon cœur que la gratitude fatigue ; et cet aveu manquait à ma satisfaction. (Montrant le comte.) Je lui dois bonheur et fortune , et quand je les partage avec sa digne fille , je ne fais que lui rendre ce qui lui appartient de droit. Remettez-moi le portefeuille ; je ne veux avoir que l'honneur de le mettre à ses pieds moi-même , en signant notre heureux contrat. (Il veut le reprendre.)

FIGARO , sautant de joie.

Messieurs , vous l'avez entendu ? vous témoignerez , s'il le faut. Mon maître , voilà vos effets ; donnez-les à leur détenteur , si votre cœur l'en juge digne. (Il lui remet le portefeuille.)

LE COMTE, se levant, à Bégearss.

Grand Dieu ! les lui donner ! homme cruel , sortez de ma maison ; l'enfer n'est pas aussi profond que vous ! grâce à ce bon vieux serviteur, mon imprudence est réparée : sortez à l'instant de chez moi.

BÉGEARSS.

O mon ami ! vous êtes encore trompé ! (Le comte, hors de lui , le bride de sa lettre ouverte.)

LE COMTE.

Et cette lettre, monstre ! m'abuse-t-elle aussi ?

BÉGEARSS la voit : furieux , il arrache au comte sa lettre, et se montre tel qu'il est.

Ah...! je suis joué ! mais j'en aurai raison !

LÉON.

Laissez en paix une famille que vous avez remplie d'horreur.

BÉGEARSS , furieux.

Jeune insensé! c'est toi qui vas payer pour tous; je t'appelle au combat.

LÉON, vite.

J'y cours.

LE COMTE , vite.

Léon !

LA COMTESSE , vite.

Mon fils !

FLORESTINE , vite.

Mon frère !

LE COMTE.

Léon ! je vous défends... (A Bégearss.) Vous vous êtes rendu indigne de l'honneur que vous demandez : ce n'est point par cette voie-là qu'un homme comme vous doit terminer sa vie. (Bégearss fait un geste affreux, sans parler.)

FIGARO , arrêtant Léon , vivement.

Non, jeune homme ! vous n'irez point ; monsieur votre père a raison , et l'opinion est réformée sur cette horrible frénésie ; on ne combattra plus ici que les ennemis de l'état. Laissez-le en proie à sa fureur ; et s'il ose vous attaquer, défendez-vous comme d'un assassin ; personne ne trouve mauvais qu'on tue une bête enragée ; mais il se gardera de l'oser ; l'homme capable de tant d'horreurs doit être aussi lâche que vil !

BÉGEARSS , hors de lui.

Malheureux !

LE COMTE , frappant du pied.

Nous laissez-vous enfin ? c'est un supplice de vous voir. (La comtesse est effrayée sur un siége ; Florestine et Suzanne la soutiennent ; Léon se réunit à elles.)

BÉGEARSS , les dents serrées.

Oui, morbleu ! je vous laisse ; mais j'ai la preuve en main de votre infâme trahison ! vous n'avez demandé l'agrément de sa Majesté, pour échanger vos biens d'Espagne, que pour être à portée de troubler sans péril l'autre côté des Pyrénées.

LE COMTE.

O monstre! que dit-il?

BÉGEARSS.

Ce que je vais dénoncer à Madrid. N'y eût-il que le buste en grand d'un Washington dans votre cabinet, j'y fais confisquer tous vos biens.

FIGARO, criant.

Certainement; le tiers au dénonciateur.

BÉGEARSS.

Mais pour que vous n'échangiez rien, je cours chez notre ambassadeur arrêter dans ses mains l'agrément de Sa Majesté, que l'on attend par ce courrier.

FIGARO, tirant un paquet de sa poche, s'écrie vivement:

L'agrément du roi? le voici: j'avais prévu le coup; je viens, de votre part, d'enlever le paquet au secrétariat d'ambassade; le courrier d'Espagne arrivait. (Le comte avec vivacité prend le paquet.)

BÉGEARSS, furieux, frappe sur son front, fait deux pas pour sortir, et se retourne.

Adieu, famille abandonnée! maison sans mœurs et sans honneur! Vous aurez l'impudeur de conclure un mariage abominable, en unissant le frère avec la sœur: mais l'univers saura votre infamie! (Il sort.)

SCÈNE VIII.

LES PRÉCÉDENS, excepté Bégearss.

FIGARO, follement.

Qu'il fasse des libelles! dernière ressource des lâches! il n'est plus dangereux; bien démasqué, à bout de voie, et pas vingt-cinq louis dans le monde! Ah, monsieur Fal! je me serais poignardé

s'il eût gardé les deux mille louis qu'il avait soustraits du paquet ! (Il reprend un ton grave.) D'ailleurs,
nul ne sait mieux que lui, que, par la nature et
la loi, ces jeunes gens ne sont rien, qu'ils sont
étrangers l'un à l'autre.

LE COMTE l'embrasse et crie.

O Figaro.....! Madame, il a raison.

LÉON , très-vite.

Dieux ! maman ! quel espoir !

FLORESTINE , au comte.

Eh quoi, monsieur, n'êtes-vous plus...?

LE COMTE ivre de joie.

Mes enfans, nous y reviendrons, et nous con-
sulterons, sous des noms supposés, des gens de
loi discrets, éclairés, pleins d'honneur. O mes
enfans, il vient un âge où les honnêtes gens se
pardonnent leurs torts, leurs anciennes faiblesses, font succéder un doux attachement aux pas-
sions orageuses qui les avaient trop désunis. Rosine (c'est le nom que votre époux vous rend),
allons nous reposer des fatigues de la journée.
Monsieur Fal, restez avec nous. Venez, mes
deux enfans ! — Suzanne, embrasse ton mari,
et que nos sujets de querelles soient ensevelis
pour toujours. (A Figaro.) Les deux mille louis
qu'il avait soustraits, je te les donne, en attendant la récompense qui t'est bien due...

FIGARO , vivement.

A moi, monsieur ? non, s'il vous plaît; moi,
gâter par un vil salaire le bon service que j'ai
fait ? ma récompense est de mourir chez vous.
Jeune, si j'ai failli souvent, que ce jour acquitte
ma vie ! O ma vieillesse ! pardonne à ma jeunesse, elle s'honorera de toi. Un jour a changé

6.

notre état ! plus d'oppresseur, d'hypocrite insolent ! Chacun a bien fait son devoir : ne plai-
gnons point quelques momens de trouble ; on
gagne assez dans les familles quand on en ex-
pulse un méchant.

FIN DE LA MÈRE COUPABLE.

LETTRES.

A L'AUTEUR

DU MERCURE DE FRANCE.

A Paris, le 22 janvier 1754.

Quoique je persévère, monsieur, à garder pour l'Académie seule les preuves qui, comme je l'espère, me feront adjuger l'invention de l'échappement que le sieur Lepaute me conteste, ne me sera-t-il pas permis de faire remarquer l'avantage qu'il me donne sur lui, en avançant des faits contraires à ce qu'il a précédemment écrit ?

En lisant sa lettre insérée dans le second volume de votre journal de décembre dernier, on y verra qu'après s'être félicité lui-même de ce qu'il a si bien établi sa prétendue propriété sur la découverte en question, il conclut qu'il est le seul inventeur de l'échappement, indépendamment de ma confidence du 23 juillet dernier, qui, dit-il, est absolument fausse, et n'existe que dans mon imagination.

Il est triste pour le sieur Lepaute qu'un fait nié aussi hardiment puisse être démenti par une lettre signée de sa main, qu'il a écrite à mon père le 18 septembre dernier, qu'il a répandue dans le public, et dont il a donné copie à messieurs nos commissaires.

« Il est vrai, dit-il dans cette lettre, que vous me fîtes part, du 20 au 30 juillet, d'un nouvel échappement (qui approchait fort du mien) ; mais

---

¹ Cette lettre n'avait point encore été recueillie dans les OEuvres de Beaumarchais.   J. R.

je ne fus pas la dupe de votre confidence inté-
ressée. »

Il est donc constaté de sa propre main que je
lui ai fait confidence, du 20 au 30 juillet, de ma
nouvelle découverte.

Il est encore constaté par une gravure d'échappement que le sieur Lepaute vient de répandre
dans le public, qu'il ne s'annonce que pour l'a-
voir mis à son point de perfection, et qu'il ne
s'en dit plus l'inventeur, comme il a fait dans
votre journal. Je me charge de démontrer, après
le jugement de l'Académie, qu'il est absolument
faux que cet échappement soit celui qui était dans
la pendule qu'il dit avoir présentée à sa Majesté
le 23 mai 1753, et qu'elle n'en avait point d'autre
que mon premier échappement, que je lui avais
communiqué en janvier 1753, lorsqu'il m'accom-
pagna à l'Observatoire pour en demander date à
l'Académie.

Voilà donc des contradictions qui font voir
que le manque de mémoire, peu important lorsqu'on ne veut dire que la vérité, devient très-
dangereux quand on a dessein de la voiler.

Je demande encore une fois au public judi-
cieux la grâce de suspendre son jugement jusqu'à ce que l'Académie ait prononcé sur notre
différend.

J'ai l'honneur d'être, etc.

Caron, fils.

A L'AUTEUR

DU MERCURE DE FRANCE [1].

Paris, le 16 juin 1655.

Monsieur, je suis un jeune artiste qui n'ai l'honneur d'être connu du public que par l'invention d'un nouvel échappement à repos pour les montres, que l'Académie a honoré de son approbation et dont les journaux ont fait mention l'année passée. Ce succès me fixe à l'état d'orloger, et je borne toute mon ambition à acquérir la science de mon art. Je n'ai jamais porté un œil d'envie sur les productions de mes confrères (cette lettre le prouve); mais j'ai le malheur de souffrir fort impatiemment qu'on veuille m'enlever le peu de terrain que l'étude et le travail m'ont fait défricher. C'est cette chaleur de sang, dont je crains bien que l'âge ne me corrige pas, qui m'a fait défendre avec tant d'ardeur les justes prétentions que j'avais sur l'invention de mon échappement, lorsqu'elle me fut contestée il y a environ dix-huit mois. L'Académie des sciences, non seulement me déclara auteur de cet échappement, mais elle jugea qu'il était dans son état actuel le plus parfait qu'on eût encore adapté aux montres. Cependant elle savait, et je voyais bien qu'il était susceptible de quelques perfections; mais la nécessité de constater promptement mon titre, à laquelle mon adversaire me força en suppliant ses

[1] Cette lettre n'avait point encore été recueillie dans les Œuvres de Beaumarchais.   J. R.

fausses prétentions, m'empêcha de les y ajouter. Alors, devenu possesseur tranquille de mon échappement, j'ai donné tous mes soins à le rendre encore supérieur à lui-même, et c'est l'état où il est maintenant; mais, en même temps, trop bon citoyen pour en faire un mystère, je l'ai rendu public autant qu'il m'a été possible. Les divers écrits que cet échappement a occasionés, et le jugement que l'Académie en a porté, attirant sur lui l'attention des horlogers, il devint l'objet des réflexions et des recherches de quelques-uns des plus habiles d'entre eux; de sorte que, pendant que j'y ajoutais les petites perfections qui lui manquaient, M. de Romilly s'aperçut qu'effectivement il en était susceptible; il y travailla de son côté, et présenta à l'Académie, en décembre 1754, le changement qu'il y avait fait. Le soir même de sa présentation, M. Le Roi m'en ayant apporté la nouvelle, je demandai sur-le-champ à l'Académie qu'en faveur de ma qualité d'auteur, elle voulût examiner avant tout l'état de perfection auquel j'avais moi-même porté mon échappement. Cette perfection était des repos plus près du centre et des arcs de vibrations plus étendus. Elle y consentit, et l'examen qu'elle fit des pièces que nous présentâmes l'un et l'autre lui montra que M. de Romilly avait atteint le même but que moi en travaillant sur le même sujet : ainsi l'Académie, toujours équitable dans ses jugemens, ne voulant pas accorder plus d'avantage sur cette cette perfection à ma qualité d'auteur de l'échappement qu'à l'antériorité de présentation de M. de Romilly, qui n'est effectivement que d'un seul jour, a délivré à chacun de nous le certificat suivant[1], que je publie d'autant plus volontiers que M. de Romilly, qui a jugé mon échappement digne de ses recherches, est un très-galant homme, et que j'estime véritablement. D'ailleurs, je serais fâché que cette petite concurrence entre lui et moi pût être envisagée comme une dispute semblable à la première; l'émulation qui anime les honnêtes gens mérite un nom plus honorable.

P. S. Je profite de cette occasion pour répondre à quelques objections qu'on a faites sur mon échappement dans divers écrits rendus publics. En se servant de cet échappement, a-t-on dit, on ne peut pas faire des montres plates, ni même de petites montres; ce qui, supposé vrai, rendait le meilleur échappement connu très-incommode. Des faits seront toute ma réponse. Plusieurs expériences m'ayant démontré que mon échappement corrigeait par sa nature les inégalités du grand ressort, sans aucun besoin d'un autre régulateur, j'ai supprimé de mes monstres toutes les pièces qui exigeaient de la hauteur au mouvement, comme la fusée, la chaîne, la potence, toute roue à couronne, surtout celles dont l'axe est parallèle aux platines dans les montres ordinaires, et toutes les pièces que ces principales entraînaient à leur suite. Par ce moyen, je fais des montres aussi plates qu'on le juge à propos, et

---

[1] Ce certificat, délivré par M. Grandjean de Fouchy, secrétaire perpétuel de l'Académie royale des Sciences, constate que « le mérite d'avoir amené cette invention au point de perfection dont elle était susceptible, appartient également au sieur Romilly et au sieur Caron, son auteur ». On a cru inutile de le reproduire en entier.   J. R.

plus plates qu'on en ait encore faites, sans que
cette commodité diminue en rien de leur bonté.
La première de ces montres simplifiées est entre les
mains du roi : Sa majesté la porte depuis un an,
et en est très-contente. Si des faits répondent
à la première objection, des faits répondent
également à la seconde. J'ai eu l'honneur de présenter à madame de Pompadour, ces jours passés,
sés, une montre dans une bague, de cette nouvelle construction simplifiée, la plus petite qui
ait encore été faite; elle n'a que quatre lignes,
et demie de diamètre, et une ligne moins un
tiers de hauteur entre les platines. Pour rendre
cette bague plus commode, j'ai imaginé en place
de clef un cercle autour du cadran, portant un
petit crochet saillant; en tirant ce crochet avec
l'ongle environ les deux tiers du tour du cadran,
la bague est remontée, et elle va trente heures.
Avant que de la porter à madame de Pompadour,
j'ai vu cette bague suivre exactement pendant
cinq jours ma pendule à secondes. Ainsi, en se
se servant de mon échappement et de ma construction, on peut donc faire d'excellentes montres
aussi plates et aussi petites qu'on le jugera à
propos.

　　　　　J'ai l'honneur d'être, etc.

　　　　　　CARON fils, horloger du roi.

A L'AUTEUR

DU MERCURE DE FRANCE [1].

Octobre 1769.

Je reçois à l'instant une brochure intitulée :
*Lettre d'un jeune homme à l'auteur d'Ham-
let.* Après y avoir loué, critiqué, corrigé re-
fondu à sa manière l'ouvrage de M. Ducis, dont
les beautés tragiques méritaient peut-être un
examen plus réfléchi et des encouragemens plus
sérieux, et après avoir conseillé à cet auteur de
ne jamais paraître si le parterre le redemande,
le jeune homme ajoute ces mots : « Il est enfin
du mauvais ton de se faire voir ; c'est ce que
m'a dit un auteur qui a aussi donné une pièce
traduite ou imitée de l'anglo-français, *Miss
Jenny*, et qui va nous enrichir d'une nouvelle
(le Négociant) après la vôtre, et il m'a bien assuré qu'il laisserait protester toutes les lettres de
change que le parterre tirerait sur lui. »

Sans entrer dans la question si les auteurs ho-
norés du laurier dramatique doivent y venir offrir glorieusement leur tête, ou s'ils feraient
mieux de s'y dérober avec modestie, l'auteur
d'*Eugénie* et d'un nouveau drame qu'il va soumettre au jugement du public, se croit obligé,
pour l'honneur de la vérité, de déclarer qu'il ne
connaît point le jeune homme auteur de la lettre,

---

[1] Cette lettre n'avait point encore été recueillie dans les
Œuvres de Beaumarchais.   J. R.

ni qu'il ne s'est jamais donné le ridicule de dire les choses qu'on lui attribue.

Assurer, la veille de produire un ouvrage au théâtre, que, quel que soit l'empressement du public pour nous voir, on s'y refusera constamment, c'est décider d'avance que l'on méritera d'être demandé. L'auteur le plus vain n'oserait pas le penser, et l'homme le plus sot craindrait de le dire. Quant à la comparaison que le jeune homme fait de la curiosité du parterre avec des lettres de change, et celle de la modestie d'un auteur avec un protêt, on se permettra de lui dire que ce style d'huissier est bien loin du ton spirituel et léger du reste de sa lettre, et ne méritait pas d'y trouver sa place. A-t-il cru faire une plaisanterie méchante? J'ai peur qu'elle ne soit que mauvaise.

L'auteur d'*Eugénie* invite le jeune homme à jeter un coup d'œil sur le discours imprimé à la tête de ce drame. Le ton grave et décent avec lequel son auteur y parle du public assemblé sous le nom de parterre, qu'il reconnaît pour juge naturel des ouvrages destinés à son amusement, est fort éloigné de l'inconsidération qu'on lui prête aujourd'hui.

Il est possible qu'un très-jeune homme, comme paraît l'être l'auteur de la lettre, connaisse assez peu les usages reçus pour ignorer que, dans une feuille destinée à l'impression, c'est une civilité que de citer quelqu'un sans avoir pris son attache. Mais ce qu'on ne doit guère ignorer à aucun âge, c'est que, s'il est permis quelquefois de rappeler ce qu'un auteur a écrit, il ne l'est jamais d'attribuer à quelqu'un ce qu'il n'a point dit. En tout autre temps, le silence eût été ma réponse ; mais quelques amis m'ont fait entendre que cette imputation n'était pas sans malignité, et qu'elle avait pour but d'indisposer d'avance le public contre le nouvel essai dramatique que j'ai l'honneur de lui présenter. Je n'en sais rien. J'ai même de la peine à me prêter à cette idée ; mais quoi qu'il en soit, je vous prie de vouloir bien insérer cette lettre et mon désaveu dans votre prochain journal, et de me faire la grâce de me croire, avec toute la reconnaissance possible, etc.

A M*** [1].

Juin 1785.

Oui, Monsieur, j'ai reçu vos jolis vers écrits par un arbre des Tuileries : cet arbre est en littérature celui du bien et du mal, car il en raisonne à merveille. Excepté le dernier trait qui se rapporte à moi, tout m'a paru d'un jugement exquis ; mais comme ce dernier trait est obligeant, je dois au moins vous rendre grâce de la prévention qui l'a dicté.

Je dois aussi satisfaire à la question contenue dans votre lettre, la curiosité, moins qu'un no-

[1] Un anonyme avait adressé à Beaumarchais une épître en vers, signée *Le premier arbre des Tuileries*, et s'informa, peu de jours après, par une lettre en prose, si elle était arrivée à sa destination. Beaumarchais fit cette réponse, qui n'avait point encore été recueillie dans ses œuvres. J. R.

ble intérêt, vous ayant porté à me faire cette question. De trente lettres reçues, la vôtre est aussi presque la seule à laquelle je me crois obligé de répondre. Vous me demandez s'il est vrai que le roi m'ait accordé des secours puissans dans ma détresse actuelle ; je n'ai pas plus de raisons de dissimuler les traits de sa justice, que je n'en eus de cacher l'affliction profonde où me plongea sa colère inopinée. Le roi, trompé, m'a puni d'une faute que je n'ai pas commise ; mais, si mes ennemis sont parvenus à exciter son courroux, ils n'ont pu altérer sa justice, et cette distinction entre l'effet d'un premier mouvement et l'acte réfléchi d'équité dont je vous rends compte, est le plus grand éloge qui soit dû à son généreux caractère.

Oui, monsieur, il est très-vrai que Sa Majesté a daigné signer pour moi, depuis ma disgrâce, une ordonnance de comptant de deux millions cent cinquante mille livres, sur de longues avances dont je sollicitais le remboursement auprès du roi, tandis qu'on m'accusait du crime odieux de lui manquer de respect.

Je suis, avec la plus respectueuse reconnaissance, etc.

AUX AUTEURS

DU JOURNAL DE PARIS [1].

Le 8 mai 1784.

Messieurs,

Tout en vous remerciant de l'honnêteté que vous avez mise dans l'examen du *Mariage de Figaro*, je dois vous reprocher une négligence impardonnable au journal institué pour apprendre à tout Paris, chaque matin, ce qui, la veille, est arrivé de piquant dans son enceinte. Si quelque accident avait frappé le plus inconnu des bourgeois nommés citoyens, vous l'indiqueriez à l'article *Événement;* et la foudre a tombé jeudi dernier dans la salle du spectacle en cinq cents carreaux ou carrés de papier lancés du cintre, et contenant la plus écrasante épigramme imprimée contre la pièce et son auteur, sans que vous daigniez en faire la plus légère mention! Tout ce qui fait époque, messieurs, n'est-il pas de votre district? A quel temps de la monarchie rapportera t-on un jour cette ingénieuse nouveauté, si les journaux en gardent le silence? Il faut donc que je vous supplée, en rendant au public le chef-d'œuvre destiné à son instruction. Ce n'est point ici le cas de nommer le valet complaisant qui l'a fait, le maître enjoué qui l'a

---

[1] Cette lettre n'a encore été recueillie dans aucune édition des Œuvres de Beaumarchais.   J. R.

commandé, le colporteur honoré qui nous l'a transmis. Ils trouveront leurs noms et mes remerciemens dans la préface de mon ouvrage.

Il suffit de montrer ici comment cette épigramme en est le foudroyant arrêt.

SUR LE MARIAGE DE FIGARO.

Je vis hier, du fond d'une coulisse,
 L'extravagante nouveauté,
 Qui, triomphant de la police,
Profane, des Français, le spectacle éhonté.
Dans ce drame effronté, chaque acteur est un vice.
 Bartholo nous peint l'avarice ;
 Almaviva, le suborneur ;
 Sa tendre moitié, l'adultère ;
 Et Double-Main un plat voleur.
 Marceline est une mégère,
 Bazile, un calomniateur ;
Fanchette l'innocente est bien apprivoisée ;
 Et la Suzon, plus que rusée,
A bien l'air de goûter du page favori,
Greluchon de Madame, et mignon du mari.
Quel bon ton ! quelles mœurs cette intrigue rassemble !
Pour l'esprit de l'ouvrage, il est chez Brid'oison ;
 Mais Figaro...! Le drôle à son patron
 Si scandaleusement ressemble ;
 Il est si frappant qu'il fait peur :
Et pour voir à la fin tous les vices ensemble,
Des badauds achetés ont demandé l'auteur.

On ne peut pas nier que cette épigramme, la plus ingénieuse de toutes celles qu'on a prodiguées à ma pièce, ne donne une analyse infiniment juste de l'ouvrage et de moi. Il eût été seulement à désirer que l'auteur, moins pressé de jouir des applaudissemens du public, en eût plus soigné le français et la poésie. On ne dit guère, en effet, qu'un acteur *est un vice*, parce qu'un acteur est un homme, et qu'un vice est une habitude criminelle.

Il n'est pas exact non plus de nommer l'adultère un vice. Si l'impudicité mérite ce nom, l'adultère, qui n'en est qu'un simple acte, une modification, est seulement un péché. Nous disons : il a commis le péché d'adultère, et non le vice de l'adultère. On eût peut-être encore montré plus de goût en censurant le ton de ma comédie, si l'on eût fait grâce aux lecteurs français des mots un peu hasardés, de *goûter du page favori*, etc., etc.

Mais ce sont là de faibles taches dans un ouvrage aussi rempli d'esprit que de justesse ; et je ne fais ces remarques légères qu'en faveur des jeunes gens qui s'exercent beaucoup dans ce genre estimable.

Au reste, si l'épigramme, arrivant du cintre du spectacle, a été reçue à grands coups de sifflets, l'auteur n'en doit pas conserver une moins bonne opinion de son ouvrage et de sa personne. Les nouveautés, même les plus piquantes, ont de la peine à prendre, et je ne doute pas qu'enfin on ne réussisse à faire adopter cette façon ingénieuse de s'emparer de l'opinion publique et de la diriger sur les ouvrages dramatiques.

J'ai l'honneur d'être, etc.

AUX AUTEURS

DU JOURNAL DE PARIS [1].

Ce 13 juin 1784.

Messieurs,

Plusieurs personnes m'ayant fait l'honneur de m'écrire pour se disculper d'avoir eu la moindre part à l'infâme épigramme que j'ai fait insérer dans votre journal, je déclare avec plaisir que je n'ai pas cru un seul mot de toutes les fausses insinuations qu'on a cherché à me donner, et que je n'ai confié à personne ce que je sais de positif à cet égard.

Je saisis cette occasion de prévenir les personnes intéressées à mon action, que j'ai rendu plainte contre les malhonnêtes gens, quels qu'ils soient, qui font courir une prétendue lettre [2] de

---

[1] Cette lettre n'a encore été recueillie dans aucune édition des OEuvres de Beaumarchais.

[2] Voici cette lettre, qu'on disait avoir été adressée au duc de Villequier, en réponse à sa demande d'une petite loge pour des femmes qui voulaient voir *Figaro* sans être vues : « Je n'ai nulle considération, monsieur le duc, pour des femmes qui se permettent de voir un spectacle qu'elles jugent malhonnête, pourvu quelles le voient en secret; je ne me prête pas à de pareilles fantaisies. J'ai donné ma pièce au public pour l'amuser et pour l'instruire ; non pour offrir à des bégueules mitigées le plaisir d'en aller penser du bien en petite loge, à condition d'en dire du mal en société. Le plaisir du vice, et les honneurs de la vertu, telle est la pruderie du siècle. Ma pièce n'est pas un ouvrage équivoque ; il faut l'avouer ou la fuir. Je vous salue, monsieur le duc, et je garde ma loge. »

J. B.

moi écrite à un duc et pair, qu'on a même eu l'audace de désigner par différens noms, quoique je n'aie l'honneur d'être en relation avec aucun de ceux qu'on désigne.

Pour qu'il ne reste point d'équivoque à ce que je fais, je déclare que je n'entends désavouer, ni le fond, ni les termes d'un billet qui n'a été écrit qu'à un de mes amis dans le premier feu d'un léger mécontentement.

Je suis, etc.

AUX AUTEURS

DU JOURNAL DE PARIS [1].

Messieurs,

L'origine des grandes maisons, leurs branches, leurs alliances, sont des points de discussion dignes de fixer l'attention des savans, et c'est rendre service à la société que d'écarter les nuages qui les enveloppent.

C'est pourquoi, messieurs, je vous demanderai quelques détails sur une famille, qui, quoique sortie d'une source obscure, mérite, par la fortune qu'elle a faite et par le grand rôle qu'elle joue dans le monde, d'être reconnue jusque dans ses moindres rejetons.

[1] Cette lettre n'est point de Beaumarchais ; mais comme elle a occasionné la réponse qui la suit, nous avons pensé qu'on la lirait avec plaisir. J. R.

Cette maison dont je veux parler, c'est celle de Figaro, jadis l'*anonyme*, et maintenant si célèbre.

Je lui ai plusieurs fois entendu raconter son histoire, et quoique d'une manière fort détaillée, j'ai toujours remarqué qu'il oublie une petite circonstance.

Il dit bien qu'il est né à Séville, que son père était médecin, sa mère une certaine demoiselle Marceline de Verte-allure, jouissant de ses droits ; qu'il fut vendu à des Bohémiens ; que de disgrâces en disgrâces il tomba au château d'Aguas-Frescas, où il épouse Suzanne. Mais jamais il ne parle, parmi ses trente-six infortunes, d'avoir subi le joug de l'hymen et même d'avoir eu des enfans ; c'est ce qui fait ma difficulté, et ce qui cependant est aisé à prouver.

Vous devez vous rappeler que (quelques années auparavant, lorsque à Séville il se mêlait du mariage du comte Almaviva) Rosine dit, quand Bartholo lui demanda pourquoi il manquait des feuilles de papier à lettres : « J'en ai pris une pour faire un cornet de bonbons pour la petite Figaro : » et un peu plus loin : « mais ces doigts noircis est-ce aussi pour la petite Figaro ? »

Il y avait donc à Séville une petite Figaro qui ne pouvait être là fille que de monsieur Figaro le barbier, puisqu'il n'y avait que lui dans toutes les Espagnes qui portât ce nom.

Enfin, messieurs, est-ce une fille adoptive ? quelle était sa mère ? sa fortune est-elle aussi considérable que celle de son père ? Est-elle aussi aimable que sa belle-mère ? Pourquoi n'est-elle pas à Aguas-Frescas pour augmenter le nombre

les conquêtes de don Chérubin? Ce sont les doutes sur lesquels je vous prie de m'éclaircir, et
avec moi beaucoup de personnes qui s'intéressent
pour tout ce qui porte le nom de Figaro.

J'ai l'honneur d'être, etc.

RÉPONSE A L'ANONYME

QUI DEMANDE UN ÉCLAIRCISSMENT [1].

Ce 34 janvvier 1785.

Le hasard, monsieur, m'ayant procuré ce matin même des notions certaines sur le sort de *la
petite Figaro* dont vous paraissez inquiet, je
m'empresse de vous les communiquer, persuadé
que vous n'avez pas fait une pareille recherche
sans avoir la louable intention de lui être utile,
dès que vous seriez instruit de son sort.

L'enfant qu'on nommait abusivement *la petite Figaro*, parce que ce bon garçon, touché de
sa misère, en prenait soin par pure humanité, se
nommait Geneviève Valois. Lorsque Figaro a
passé en France, elle et sa mère, qui était une
fort honnête femme, l'y ont suivi sans autre espoir. Cette jeune fille, très-laborieuse, a épousé
depuis, à Paris, un pauvre honnête garçon, gagne-denier sur le port Saint-Nicolas, nommé

---

[1] Cette lettre n'avait point encore été recueillie dans les OEuvres de Beaumarchais.

7.

l'Écluze, qui vient d'être écrasé misérablement, au milieu de tous ses camarades, par la machine qui sert à décharger les bateaux. Il a laissé sa pauvre femme, âgée de vingt-cinq ans, avec un enfant de treize mois et un de huit jours qu'elle allaite, quoiqu'elle soit très-malade et qu'elle manque de tout. Les pauvres camarades de son mari, touchés de son triste sort, se sont tous cotisés pour la faire vivre un moment. Ils m'ont invoqué ce matin, par la plume de leur inspecteur; je me suis joint à eux avec plaisir, et je ne doute pas, monsieur, que vous n'en fassiez autant. J'ai donc envoyé un louis pour elle à M. Merlet, inspecteur du port Saint-Nicolas, et j'en joins deux autres à cette lettre, en priant les auteurs de ce journal de vouloir bien les faire tenir au même M. Merlet, pour la bonne Geneviève Valois, veuve l'Écluze, avec ce qu'il vous plaira, monsieur, d'y ajouter pour le soulagement de cette pauvre mère affligée, souffrante et nourrice.

J'apprendrai avec joie, par la voie du journal, que votre bon esprit et votre bon cœur ont été satisfaits également de mon explication, la seule qu'il fût honnête d'exiger de celui qui a l'honneur d'être, etc.

AUX AUTEURS

DU JOURNAL DE PARIS. [1]

Ce 5 février 1785.

Je vous ai demandé, messieurs, des éclaircissemens sur un point de la pièce de Figaro, et M. de Beaumarchais m'a répondu en me racontant un malheur qui VIENT d'arriver sur le port Saint-Nicolas le 7 septembre 1784.

La solution est singulière ; et l'on ne devait pas s'attendre à voir établir un terme moyen entre deux choses aussi éloignées.

Cependant, si l'on veut réfléchir, l'on trouvera que cette manière de répondre à une question en faisant naître un incident qui, par une apparence d'une plus grande utilité, ou plus d'éclat, détourne les regards et la fait oublier, est un de ces sophismes adroits que nous voyons employés par plusieurs grands hommes dans des circonstances délicates, entre autres par Scipion l'Africain.

Etant cité devant le peuple pour rendre compte de sa conduite, choqué de cette demande, peut-être aussi la trouvant embarrassante, il s'écria : « Romains, à pareil jour je vainquis les Carthaginois ; allons-en rendre grâces aux dieux. »

De même, M. de Beaumarchais, qui depuis peu s'occupe de bienfaisance, au lieu de s'arrêter à une discussion d'une utilité médiocre, m'a proposé de me joindre à lui pour venir au secours

de l'humanité souffrante. Je l'ai fait ; j'ai envoyé
à la veuve l'Ecluze, née à Paris, et qu'elle n'a
pas encore quitté, ce que mes facultés me per-
mettaient de faire pour elle.

Mais, messieurs, la situation de cette femme,
dont le mari, par une inattention inconcevable,
a été écrasé endormi sous une roue de cette espèce de grue, est encore plus triste qu'on ne vous
l'a dépeinte.

Depuis cinq mois, dans les dangers d'une gros-
sesse, troublée par ce funeste accident, sujette
depuis à des maux de nerfs qui l'empêchent de
travailler, ne recevant des soins que de sa mère,
qui les partageait entre elle et son enfant, elle
n'a reçu d'autres secours que ceux que les supé-
rieurs et les camarades de son mari ont pu lui
procurer.

Un tel tableau ne suffisait-il pas pour rendre
la lettre de M. de Beaumarchais *touchante* ?
pour engager la société, qui jamais ne s'est montrée aussi bienfaisante que de nos jours, avait-
on donc besoin du nom de Figaro ? ou fallait-il,
pour lier un récit mal tissu, mêler à des fables
un malheur aussi vrai et aussi terrible ?

Quoi qu'il en soit, me conformant à ce que
M. de Beaumarchais m'a fait entendre par la
dernière phrase de sa lettre, je ne porte pas plus
loin mes réflexions ni mes doutes.

J'ai l'honneur, etc.

AUX AUTEURS

DU JOURNAL DE PARIS [1].

Ce 11 février 1785.

Au nom de *la petite Figaro*, messieurs, je rends grâces, du fond de l'âme, à toutes les personnes qui ont donné, par vous, des secours à la œuvre affligée, souffrante et MÈRE NOURRICE, Geneviève Valois, veuve l'Écluze. La forme aimable de ces envois montre qu'ils partent tous de cœurs facilement généreux, à qui la bienfaisance est aussi douce que familière. Je ne sais si je me trompe, messieurs, mais il me semble que rien ne peint mieux que ce trait le caractère heureux de notre nation, qui met de la grâce à tout, même aux actions vertueuses.

On vient de m'assurer que les dernières *cent vingt livres* envoyées à la pauvre *nourrice* nous venaient d'une de ces sociétés d'agrément, connues sous le nom de Salon, Club ou Musée, etc. Que le ciel conserve, ai-je dit, toute association que la plus légère étincelle électrise aussi gaîment pour le bien !

Une seule chose affligeait *la petite Figaro*, c'était de n'avoir aucune nouvelle de ce bon monsieur qui, le premier, avait montré une si tendre inquiétude sur son sort. Nous disions : serait-il malade ? aurait-il du chagrin d'avoir vu prévenir

---

[1] Cette lettre n'avait point encore été recueillie dans les OEuvres de Beaumarchais.   J. R.

ses charités par d'autres plus actives? On nomme
en Angleterre *canards boiteux* ceux qui profi-
tent d'un échappatoire pour fuir à leurs engage-
mens d'honneur ; et ce nom rend fort bien la
démarche honteuse de ces gens qui restent tous
déshonorés ; mais ce n'est pas ici le cas : la bienfaisance est un acte très-libre, et rien ne force à
l'exercer.

Nous serions heureux, disions-nous, d'être
seulement rassurés sur la santé d'un citoyen qui
est la cause des charités que tant d'autres ont ver-
sées sur *la petite Figaro ;* nous le sommes,
messieurs, par sa lettre d'hier [1] au Journal.

L'inspecteur du port m'avait dit que, depuis
les dons connus par votre feuille, deux sévères
inquisiteurs avaient été ensemble interroger longuement la pauvre veuve l'Ecluze, sur son *vrai*
nom de fille, son premier état, son *vrai* pays ;
sur ses connivences avec moi ; et qu'en la quittant un écu sonnant sur la table avait payé cet
interrogatoire.

Mais j'étais loin de reconnaître, à cette ai-
greur, notre bon anonyme, si doux, si gai, si
spirituel dans ses inquiétudes sur *la petite.* Ano-
nymement parlant, il dit aujourd'hui, c'est moi.
Rendons-lui grâces de son don, quoiqu'il semble
avoir pris de l'humeur sur mon invitation pres-
sante.

En effet, messieurs, qui lui a dit que *depuis
peu je m'occupe de bienfaisance ?* Je fais peu
de bien, il est vrai ; eh ! quel homme en peut

---

[1] La lettre qui précède, quoique datée du 5 février, n'avait
paru que dans le numéro du 10 du *Journal de Paris.*

s'aire beaucoup ? Mais il est dans mon caractère
d'en faire tout le peu que je puis. Ce *depuis peu*
n'est donc pas sans quelque amertume. On pourrait dire, à la rigueur, d'un inconnu pris dans
son piége, et forcé de donner l'écu pour avoir
droit à une réplique, que l'amertume de son ton
ferait soupçonner que c'est *depuis peu* qu'il *s'occupe* de bienfaisance ; car nous le savons tous,
messieurs, celui qui n'est point bienfaisant ne le
devient point tout-à-coup ! Contentons-nous des
réflexions qu'un tel procédé me fait naître.

Oh ! ce n'est pas ainsi qu'ont agi ni parlé les
personnes gaîment généreuses qui ont accordé
leurs bienfaits à ma pauvre *mère* NOURRICE !
C'est à la grâce d'une action qu'on distingue toujours la facilité de l'effort, le triste devoir du
plaisir.

Et quant au rapprochement figuré que je me
suis permis, j'en demande pardon au censeur ;
il est bien plus hardi que moi dans ses hardis
rapprochemens ! En effet, quoique chacun de
nous ait, je crois, fait de son mieux dans le poste
où le sort l'a mis, il faut avouer qu'il y a moins
loin d'une pauvre *mère qui nourrit* à *la petite
Figaro*, que de Scipion *l'Africain* à Beaumarchais *l'Américain*.

J'ai l'honneur d'être, etc.

A M. CARON DE BEAUMARCHAIS[1].

Monsieur,

Tout le monde connaît votre bienfaisance. Permettez-moi de venir la réclamer dans le journal même où elle se manifeste avec tant d'éclat.

Je suis ecclésiastique : une femme de la famille Valois, qui depuis long-temps a de la confiance dans mon zèle, mais qui n'ose pas prendre la liberté de vous écrire, m'a prié de vous faire part de son chagrin et de ses inquiétudes. En voici le motif.

Depuis que vous avez annoncé au monde la malheureuse situation d'Elisabeth Valois, veuve l'Écluze, et les trois louis dont vous l'avez gratifiée, d'autres personnes charitables, mais qui ne se sont pas nommées, lui ont aussi envoyé des secours.

Ne croyez pas, monsieur, que je veuille faire ici une observation désobligeante : chacun fait le bien à sa manière ; qu'on le fasse, c'est le point essentiel. La morale sublime, qui veut que la main gauche ignore le bien que fait la main droite, n'est plus guère à la portée de nos mœurs ; aussi est-ce une perfection, non un précepte. Il faut respecter la charité qui se cache ; il faut louer encore la charité qui, en se montrant, *électrise gaîment* celle des autres. Un peu de vanité est un petit péché ; la vanité qui soulage les misères de ceux qui souffrent est bonne à encourager.

---

[1] Cette lettre est de Suard. Voyez la notice historique en tête du premier volume de cette édition.   J. R.

Nous ne sommes pas dans un temps où il faille chicaner les motifs des bonnes actions.

Pardonnez cette petite bouffée de morale à mon état et à l'habitude de mes fonctions ; pour changer de sujet, parlons de vous, monsieur, de vos comédies, et de ce qu'elles ont produit.

Je ne les connais pas par moi-même : mes devoirs et mes principes m'interdisent le théâtre ; mais il n'y a personne dans Paris qui puisse en ignorer la célébrité.

Le bruit de votre nom et de vos succès a retenti jusque aux halles et au port Saint-Nicolas. Il n'y a pas un gagne-denier, ni une blanchisseuse un peu renforcée, qui n'ait vu au moins une fois le *Mariage de Figaro*, et qui n'en ait retenu quelques traits facétieux, qui égaient à chaque instant leurs conversations. Vous leur avez appris à rajeunir ingénieusement des proverbes qu'ils commençaient à trouver usés. *Tant va la cruche à l'eau qu'enfin elle s'emplit*, se répète dix fois de suite dans leurs joyeux propos, et dix fois de suite excite des éclats de rire sans fin. *Gaudeat bene nanti*, est devenu, pour ceux qui savent seulement lire au lutrin, une maxime de morale, comme un trait d'esprit.

Un grand nombre de ces bonnes gens, qui ne connaissaient pas même le nom du *Théâtre Français*, ont voulu voir votre comédie ; et comme ils n'y ont rien compris d'abord, ils y sont retournés. Le plaisir et l'instruction qu'ils y ont trouvés les ont conduits naturellement aux théâtres des boulevards, où ils aiment à revoir Figaro sous toutes les formes, et toujours avec son esprit et son ton.

Ce qui les charme surtout, c'est de retrouver dans votre comédie, comme dans celles des grands danseurs du roi, des mœurs qu'ils connaissent beaucoup, un langage qui leur est déjà familier, et des plaisanteries qui sont à leur usage.

Je ne m'y connais pas beaucoup; mais il me semble, monsieur, que le but du poète comique est de faire passer sur le théâtre les mœurs du peuple, et que son succès est de faire passer dans la bouche du peuple les plaisanteries du théâtre. Je ne sais pas jusqu'à quel point la langue des seigneurs et des dames s'est enrichie des phrases de Figaro et de Bazile; mais je suis sûr que si votre pièce se perdait (ce qu'à Dieu ne plaise), le dialogue s'en retrouverait presque en entier dans les bonnes sociétés des faubourgs Saint Jacques et Saint-Marceau.

On dit d'ailleurs que les héros de votre comédie sont un grand seigneur de qui tout le monde se moque, ce qui n'est pas commun; un valet insolent qui se moque de tout le monde, ce qui doit amuser bien des gens; et un petit page qui court après toutes les filles, et à qui une belle comtesse trouve la peau très-douce et le bras bien rond, ce qui ne peut manquer de plaire aux jeunes garçons et aux grandes dames. Tout cela est bien fait pour charmer toutes les classes du public.

Vous ne connaissez peut-être pas toute votre gloire, monsieur. Le nom de Figaro est devenu immortel dans la bouche du peuple comme celui de Tartufe dans la bouche des gens du monde. Mais celui-ci est borné à désigner un hypocrite; au lieu que l'autre s'applique à toute espèce de

mauvais sujets ; on le donne même aux chiens,
aux chats, aux chevaux de fiacre. J'entendis
l'autre jour un porteur de chaise dire, en voyant
un chien des rues qui aboyait à tous les passans :
« Assommons ce vilain Figaro. »

Mais, monsieur, cette célébrité de nom qui
fait votre gloire, peut faire le malheur des honnêtes gens que vous avez obligés. Ne pouviez-
vous pas soulager la détresse de cette pauvre
veuve de l'Ecluze sans la faire passer pour cette
petite Figaro, dont la filiation a paru inquiéter
un anonyme aussi curieux en généalogie qu'un
gentilhomme nouveau?

Comment n'avez-vous pas pressenti que ce
nom, prodigué à ce qu'il y a de plus bas et de
plus ridicule, devenait une insulte pour une
brave femme à qui on l'applique si légèrement ?
L'influence de ces sobriquets parmi le peuple est
plus importante qu'on ne pense; ils ne se perdent
presque jamais. La plupart des noms propres
n'ont été dans leur origine que des sobriquets.

La parente de la veuve l'Ecluze, qui *invoque*
ici votre humanité *par ma plume*, a vu avec
douleur que quelques-uns de vos amis, qui, à
votre exemple, envoyaient au journal de Paris
les secours pour cette pauvre veuve, les adres-
saient à *la petite Figaro*. Heureusement que les
gens de son quartier ne lisent pas le journal de
Paris ; sans cela, ce nom de Figaro deviendrait
une tache ineffaçable pour cette femme ; pour le
jeune enfant qu'elle allaite, et pour d'autres
marmots, si elle en a qu'elle voudra *empâter*,
comme vous l'avez si bien dit, *de son lait ma-
ternel.* Il ne serait plus en votre pouvoir de ré-

parer le mal que vous auriez fait à toute cette famille. Quel est le bourgeois un peu délicat qui
voudrait épouser une *petite Figaro*, et l'hon-
nêté artisan qui, entaché de ce nom dès son enfance, pourrait aspirer à devenir syndic de sa
communauté ?

Je vous soumets, monsieur, ces réflexions, et
je ne doute pas que vous ne vous occupiez à prévenir le malheur dont cette honnête famille est
menacée.

Pardonnez si je vous ai occupé si longuement
de vous et de vos ouvrages ; je me suis laissé aller au plaisir de m'entretenir avec vous, parce
que j'ai vu que vous aimiez à répondre à tout le
monde. Je me trouverai infiniment honoré d'un
mot de réponse, et je vous assure, en attendant,
des sentimens très-distingués avec lesquels j'ai
l'honneur d'être, etc.

P. L. P. F. C. L.

RÉPONSE

A M. LE CURÉ DE SAINT—PAUL[1].

Paris, le 20 mars 1788.

Mon digne et bon pasteur,

Après vous avoir rendu grâce de l'obligeant avis que vous voulez bien me donner, permettez-moi de faire un modeste examen de la profanation que votre lettre me reproche.

[1] Voici la lettre que le curé de Saint-Paul avait envoyée à Beaumarchais.

Paris, le 17 mars 1788.

Des personnes respectables, monsieur, m'ayant porté des plaintes hier sur les travaux dont ils étaient témoins un jour de dimanche, j'ai été obligé de faire entendre près des magistrats mes plaintes sur une transgression que je ne puis voir avec indifférence. L'examen approfondi que j'ai été obligé de faire m'a convaincu que c'était dans votre maison et dans votre jardin que ces travaux avaient eu lieu. Je suis bien persuadé, monsieur, que c'est à votre insu et contre vos ordres que des ouvriers ont été mis en action dans ce jour, dont l'observation est prescrite par la loi divine et par celle de l'état. J'attends de vous, monsieur, de nouveaux ordres aux directeurs de vos travaux ; je les ai annoncés d'avance à plusieurs personnes dont l'émotion était publique. J'ai du plaisir à croire que mon espérance ne sera pas frustrée : au moins aurai-je rempli ce que me dicte ma conscience, et l'attachement avec lequel j'ai l'honneur d'être,

Monsieur,

Votre très-humble et très-obéissant serviteur,

Signé Bossu, curé de Saint-Paul
et prédicateur du roi.

Si vous aviez fait la recherche de ce délit qui nous est imputé, avant d'en porter plainte aux magistrats, vous auriez su par moi, monsieur, qu'aucun maçon, ni voiturier, ni couvreur, ni autres ouvriers, ne travaillent chez moi le dimanche; mais on vous eût représenté que, dans ce mois de sève montante, on ne peut laisser d'arbre hors de terre sans être en danger de le perdre ; et que des gens de la campagne ayant conduit à mon jardin des arbrisseaux venus de loin, ont employé toute la nuit du samedi, et même la journée du dimanche, à faire, non l'œuvre servile de les planter (car ils sont payés pour cela), mais l'acte conservatoire et forcé de les serrer en pépinière dans un des coins de mon terrain, pour les empêcher de mourir; et cela sans aucun salaire, car ils me garantissent tout ce qu'ils planteront chez moi.

Quand il n'y a pas de péché, malheur à qui se scandalise ! dit en quelque endroit l'Écriture.

Ne pensez-vous pas comme moi que les Juifs seuls, ô mon pasteur ! savent observer le sabbat? car ils s'abstiennent du travail, de quelque utilité qu'il soit : au lieu que chez nous autres chrétiens, on dirait que le culte est un simple objet de police, tant ses commandemens sont heurtés d'exceptions. Nous punissons un cordonnier, un tailleur, un pauvre maçon qui travaillerait le dimanche; et dans la maison à côté, nous souffrons qu'un gras rôtisseur égorge, plume, cuise et vende des volailles et du gibier. Ce qui me scandalise, moi, c'est que l'homme de bien qui va s'en regorger n'est point scandalisé de cette œuvre servile, exercée pour lui le dimanche.

Dans nos jardins publics, cent cafés sont ouverts, mille garçons frappent des glaces, on en fait un commerce immense; et l'honnête dévot qui s'en va rafraîchir le dimanche les paie sans songer au scandale qui en résulte.

Plus loin, monsieur, on donne un bal; vingt ménétriers altérés y font l'œuvre servile et folle de faire danser nos chrétiens pour quelque argent qu'on leur délivre; si mon dévot n'y danse pas, au moins ni lui ni son curé ne les dénoncent à la police, et mon malheureux jardinier peut-être va payer l'amende.

Les fêtes et les dimanches on ouvre les spectacles: là des acteurs, pour de l'argent, font un métier proscrit selon l'église; et le saint dénonciateur des ouvriers de mon jardin va sans scrupule salarier l'œuvre servile qui l'amuse, en sortant de chez mon curé, où il a crié au scandale contre mes pauvres paysans!

Sans doute on répondra que ce qui touche le public mérite de faire exception à la rigueur du saint précepte; mais le cabaret, la guinguette, et tous les gens qui vivent des désordres où ils plongent le peuple aux saints jours, exercent-ils aux yeux de Dieu des métiers plus honnêtes que celui de mes ouvriers, qui s'abstiennent de l'exercer pour aller perdre la raison et le pécule de leur semaine dans ces lieux de prostitution?

Tous les métiers qui servent au plaisir ouvrent boutique le dimanche, et le père de douze enfans, si par malheur il n'est que cordonnier, tailleur de pierre, ou jardinier, est puni d'un travail utile qui nourrit lui et sa famille!

J'ai vu, le jour de Pâques, les valets de nos saints frotter leur chambre, les servir, un cocher mener leur voiture, et tous leurs gens faire autour d'eux l'œuvre servile par laquelle ces malheureux gagnent leur vie, sans qu'aucun de nos saints en fût scandalisé. Ne nous apprendra-t-on jamais où commence et finit le péché? comment un commerce inutile, un métier souvent scandaleux, peuvent s'exercer le dimanche, pendant que d'honnêtes laboureurs qui substenteraient mille pauvres, deviennent l'objet du scandale de nos seigneurs les gens de bien.

Pardon, mon digne et bon pasteur, si j'insiste sur cet objet; votre lettre m'y autorise: nul ne raisonne avec moi sans que je raisonne avec lui. Tel est mon principe moral: l'œuvre de Dieu n'a point de fantaisie; et si l'utilité dont est le cabaret au *perfidus caupo* d'Horace, le fait tolérer le dimanche, je demande comment la nécessité des travaux ne plaide pas plus fortement pour un pauvre tailleur de pierre ou de malheureux jardiniers?

Au lieu de ces vaines recherches qui nous troublent dans nos demeures, de ces inquisitions de huitième ou neuvième siècle, de ces saintes émotions (pour employer vos propres termes) sur des travaux d'une utilité reconnue, ne ferait-on pas mieux d'être plus conséquent lorsqu'on établit des principes? Qu'est-ce que proscrire le dimanche des ouvrages indispensables, quand on excepte de la règle les traveaux de pur agrément et jusqu'aux métiers de désordres?

Je m'en rapporte à vous, monsieur, qui êtes

plus éclairé que moi, et vous supplie de rame-
ner, si vous le trouvez dans l'erreur, celui qui
est avec une confiance sans borne,

Mon respectable et bon pasteur,

Votre très-humble et très-obéissant
Serviteur et paroissien, etc.

FIN DES LETTRES.

5.

POÉSIES DIVERSES.

POÉSIES DIVERSES.

INSCRIPTION

QUE BEAUMARCHAIS AVAIT PLACÉE DANS SON JARDIN AU FOND D'UN BOSQUET.

Adieu, passé, songe rapide,
Qu'anéantit chaque matin ;
Adieu, longue ivresse homicide
Des amours et de leur festin ;
Quel que soit l'aveugle qui guide
Ce monde, vieillard enfantin,
Adieu, grands mots remplis de vide,
Hasard, Providence ou Destin.
Fatigué dans ma course aride
De gravir contre l'incertain,
Désabusé comme Candide[1],
Et plus tolérant que Martin,
Cet asile est ma Propontide,
J'y cultive en paix mon jardin.

[1] Voyez dans les romans de Voltaire *Candide, ou l'Op-timiste*.

ROMANCE.

Comme j'aimais mon ingrate maîtresse,
Quoiqu'elle fût sans amour ni pitié,
Quoiqu'elle crût trop payer ma tendresse,
En m'accablant de sa froide amitié !

Je lui disais : Cette beauté si rare,
Pour mon tourment tu la reçus des dieux ;
Et je mourrai si ton cœur ne répare
Les maux cruels que m'ont faits tes beaux yeux.

Donne au plaisir le printemps de ta vie :
Un âge vient où l'on se sent vieillir ;
La fleur d'amour alors peut faire envie,
Les sens glacés ne peuvent la cueillir.

Je vois d'amans une troupe légère
Lui prodiguer son encens et ses vœux ;
C'est vainement : la cruelle aime à faire
Mille rivaux et pas un seul heureux.

Elle soutient qu'amour est un délire,
Fils du désir et de la vanité.
L'ingrate ainsi veut renverser l'empire
Qui seul élève un trône à sa beauté !

J'allais mourir ; mais la jeune Silvie
Offre à mon cœur jouissance et beauté.
Pardonne, amour ! Mon retour à la vie
Sera le prix d'une infidélité.

Quoi ! je la fuis et je soupire encore ;
Pour l'oublier mes soins sont superflus :
A ma douleur je sens que je l'adore,
Même en jurant que je ne l'aime plus.

RONDE DE TABLE,

OU COUPLETS POUR LA FÊTE DE MADAME LA MARQUISE
DE SAILLY, QUI PORTE LE JOLI NOM DE FLORE.

Loin d'ici tout atrabilaire,
Ce jour ne peut que leur déplaire :
Du vrai bonheur il a le sceau.
   Rien n'est si beau !
Amis de Flore, c'est sa fête ;
De fleurs couronnons notre tête,
Et chantons tous à l'unisson,
   Rien n'est si bon !

Pour fêter Flore, la nature,
Malgré l'hiver et sa froidure,
Semble faire un effort nouveau ;
   Rien n'est si beau !
Voyez, au déclin de l'automne,
Parmi les doux fruits de Pomone,
Les fleurs de la belle saison ;
   Rien n'est si bon !

Si Flore n'est pas au bréviaire,
C'est tant pis pour le légendaire ;
Flore aurait orné son tableau ;
   Rien n'est si beau !
Mais de la déesse brillante
Par qui le printemps nous enchante,
Il est doux de porter le nom :
   Rien n'est si bon !

A MADAME DE SAILLY.

Flore, tes deux filles charmantes
Sont les fleurs les plus attrayantes
Dont l'amour t'ait fait le cadeau :
    Rien n'est si beau !
Vois, depuis qu'elles sont écloses,
Comme une abeille autour des roses,
Rôder près d'elle le fripon :
    'Rien n'est si bon !

Lorsque ce dieu, dans le mystère,
De ces beautés te fit la mère,
Il n'avait voile ni bandeau ;
    Rien n'est si beau !
Ainsi, dans un heureux ménage,
L'hymen seul propose l'ouvrage,
Mais l'amour y met la façon ;
    Rien n'est si bon !

A MESDEMOISELLES DE SAILLY.

Filles de Flore, pour apprendre
L'art de charmer, sans y prétendre,
Son exemple est votre flambleau :
    Rien n'est si beau !
Mais heureux l'époux jeune et tendre
A qui l'on permettra d'étendre
Cette intéressante leçon ;
    Rien n'est si bon !

A LA COMPAGNIE.

Vous qui croyez ma verve usée,
Apprenez la méthode aisée

Dont je ranime mon cerveau ;
    Rien n'est si beau !
Je pars, je viens, j'entre d'emblée,
Je retrouve en cette assemblée
Le plaisir et mon Apollon ;
    Rien n'est si bon !

En effet, quand on considère
Tant de beautés faites pour plaire,
Un enfant mettrait en rondeau,
    Rien n'est si beau !
Puis, voyant la gaîté naïve
Qui brille dans chaque convive,
Il acheverait la chanson ;
    Rien n'est si bon !

A MADAME DE SOUVRÉ.

Salut à toi, charmante hôtesse ;
Ici tout plaît, tout intéresse,
On rit, on chante, on boit sans eau ;
    Rien n'est si beau !
Ailleurs on grimace, on figure ;
Les grands airs chassent la nature :
Chez toi le cœur donne le ton :
    Rien n'est si bon !

Chers amis, quand je suis à table,
Je crois que la parque implacable
Cesse de tourner son fuseau ;
    Rien n'est si beau !
Si c'est une erreur qui m'enivre,
Amis, n'est-il pas doux de vivre

Dans cette aimable illusion ?
    Rien n'est si bon !

Amis, nous sommes bien ensemble ;
De l'amitié qui nous rassemble
Faisons-nous un serment nouveau ;
    Rien n'est si beau !
Ce sentiment a son ivresse ;
Puisque sa volupté nous presse,
Cédons à son impulsion ;
    Rien n'est si bon !

L'ÉLOGE DU REGARD.

CHANSON FAITE SUR UNE TRÈS-BELLE FEMME NOMMÉE
MADAME DE MONREGARD.

AIR : Ah ! sans vous, sans vous, ma Lisette, etc.

Les femmes vantent ma figure ;
On dit mes traits intéressans ;
Mon air, ma taille, ma stature,
Ont aussi mille partisans.
Mon esprit, ma voix, mon sourire,
Obtiennent leur éloge à part ;
Mais ce que surtout on admire,
C'est la beauté de mon regard.

Vous, philosophe atrabilaire,
Pour qui rien ne se peint en beau ;
Vous, à qui la nature entière
Ne semble qu'un vaste tombeau,
Je vous plains de ne voir en elle
Que les jeux d'un triste hasard.
Qu'elle est pour moi touchante et belle !
Mais vous n'avez pas mon regard.

Nos champs reprennent leur parure :
Quel spectacle délicieux !
Quand je regarde la nature,
Mon âme est toute dans mes yeux.
A ces jeux dont elle est ravie,
Mes autres sens ont peu de part ;
Les plus doux plaisirs de la vie,
Ah ! je les dois à mon regard.

Du goût, du toucher le prestige
S'annonce en me faisant la loi.
Une odeur m'atteint et m'afflige ;
Le bruit me frappe malgré moi ;
Sur mes sens chaque objet, chaque être
Commande, agit sans nul égard,
Mais du monde entier je suis maître,
Quand je jouis de mon regard.

Je pourrais braver l'infortune,
L'envie et ses efforts puissans ;
Je me verrais, sans plainte aucune,
Privé de quatre de mes sens.
Tant de maux de cet hémisphère
Ne hâteraient point mon départ ;
Mais que faire, hélas ! sur la terre,
Si j'avais perdu mon regard !

———

SEGUEDILLE.

Sur un air espagnol.

Je veux ici mettre au grand jour
Le train dont l'amour
Tracasse la vie ;
C'est comme une cavalerie
Dont l'ordre et la marche varie :
Quand la tête trotte, trotte, trotte, bientôt
La queue est au galop.

D'une mantille deux beaux yeux
Ont lancé des feux
Sur une victime :
Le cœur s'embrase, l'on s'anime ;
Mais n'oubliez pas la maxime :
Quand la tête trotte, etc., etc.

L'on va, l'on vient ; matin et soir
On vondrait se voir,
On donne parole ;
Tout en empêche, on se désole ;
L'un est furieux, l'autre est folle :
Quand la tête trotte, etc., etc.

Enfin on goûte au rendez-vous
Les biens les plus doux,
Mais on se dépêche :
L'un est épuisé, l'autre est fraîche ;
Car au Prado, sur l'herbe sèche,
Quand l'amoureux trotte, trotte, trotte, bientôt
La belle est au galop.

On peut tirer un sens moral
Du chant trivial
D'une seguedille.
Retenez ma leçon gentille :
Trop souvent auprès d'une fille,
Quand la tête trotte, trotte, trotte, bientôt
La bourse est au galop.

LA FEMME DU GRAND MONDE.

Air : Tôt, tôt, tôt, battez chaud, etc.

L'INNOCENCE.

La jeune Elmire, à quatorze ans,
Livrée à des goûts innocens,
Voit, sans en deviner l'usage,
Éclore ses attraits naissans ;
Mais l'amour, effleurant ses sens,
Lui dérobe un premier hommage
    Un soupir
    Vient d'ouvrir
    Au plaisir
    Le passage ;
Un songe a percé le nuage.

L'AMOUR.

Lindor, épris de sa beauté,
Se déclare ; il est écouté :
D'un songe, d'une vive image,
Lindor est la réalité ;
Le sein d'Elmire est agité,
Le trouble est peint sur son visage.
    Quel moment,
    Si l'amant,
    Plus ardent,
    Ou moins sage,
Osait hasarder davantage !

LE MARIAGE.

Mais quel transport vient la saisir?
Cet objet d'un secret désir,
Qu'avec rougeur elle envisage,
C'est l'époux qu'elle doit choisir.
On les unit : dieux, quel plaisir!
Elmire en donne plus d'un gage.
  Les ardeurs,
  Les langueurs,
  Les fureurs,
  Tout présage
Qu'on veut un époux sans partage.

L'INFIDÉLITÉ.

Dans le monde, un essaim flatteur
Vivement assiége son cœur;
Lindor est devenu volage,
Lindor méconnaît son bonheur :
Elmire a fait choix d'un vengeur,
Il la prévient et l'encourage.
  Vengez-vous;
  Il est doux,
  Quand l'époux
  Se dégage,
Qu'un amant répare l'outrage.

LA GALANTERIE.

Voilà l'outrage réparé;
Son cœur n'est que plus altéré :
Des plaisirs le fréquent usage
Rend son désir immodéré;
Son regard fixe et déclaré

A tout amant tient ce langage :
        Dès ce soir,
        Si l'espoir
        De m'avoir
        Vous engage,
Venez, je reçois votre hommage.

LE DÉSORDRE.

Elle épuise tous les excès,
Mais, au milieu de ses succès,
L'époux meurt, et, pour héritage,
Laisse des dettes, des procès.
Un vieux traitant demande accès ;
L'or accompagne son message.
        Ce coup d'œil
        Est l'écueil
        Où l'orgueil
        Fait naufrage.
Un écrin consomme l'ouvrage.

LES REGRETS.

Dans ce fatal abus du temps
Elle a consumé son printemps ;
La coquette d'un certain âge
N'a point d'amis, n'a plus d'amans ;
En vain de quelques jeunes gens
Elle ébauche l'apprentissage ;
        Tout est dit ;
        L'amour fuit ;
        On en rit :
        Quel dommage !
Elmire, il fallait être sage.

ROBIN.

—

Toujours, toujours, il est toujours le même.
Jamais Robin
Ne connut le chagrin ;
Le temps sombre ou serein,
Les jours gras, le carême,
Le matin ou le soir ;
Dites blanc, dites noir,
Toujours, toujours, il est toujours le même.

Il a pour lui cet air mâle qu'on aime,
L'œil en arrêt,
Ferme sur le jarret,
Plus souple qu'un fleuret,
Des reins à la dalême,
Frisé, haut en couleur ;
Et pour la belle humeur,
Toujours, toujours, il est toujours le même.

Sur mon tambour brodant mieux que moi-même,
Veux-je un fleuron ?
Jamais il n'a dit non ;
En plus d'une façon
Il sait faire son thême ;
S'il badine au feston,
Quand il travaille au fond,
Toujours, toujours, il est toujours le même.

Il n'est ici fille ou femme qui n'aime
Mon beau garçon ;

Beau, c'est-à-dire bon.
La dame du canton,
Connaisseuse, n'en chème;
Mon cœur n'est point jaloux,
Car en rentrant chez nous,
Toujours, toujours, il est toujours le même.

Pour en juger il faudrait être à même;
        On n'a rien vu
        Quand on ne l'a pas eu;
        Les filles de Jésu,
        Du couvent d'Angoulême,
        Ont plus d'un an vécu
        Avec mon superflu;
Toujours, toujours, il est toujours le même.

Pour l'éprouver j'ai plus d'un stratagème;
        Je vois souvent
        Qu'il vient le nez au vent;
        J'affecte, en lui parlant,
        Une froideur extrême,
        Je change de propos,
        Je lui tourne le dos;
Toujours, toujours, il est toujours le même.

Robin, dansons ce branle que tant j'aime.
        Sans le presser,
        Robin vient le passer.
        Robin, j'en veux danser
        Un second, un troisième,
        Je veux recommencer,
        Je ne veux plus cesser;
Toujours, toujours, il est toujours le même.

Comment toujours! dit un grand monsieur blême.
 On le croira,
 Mais quand on le verra;
 Nos sœurs de l'Opéra
 Résoudront ce problème :
 Messieurs, je n'en sais rien;
 Ce que je sais fort bien,
Toujours, toujours, il est toujours le même.

Hier au soir, viens, dit-il, que je t'aime!
 Robin, hélas!
 Cela ne se peut pas!
 A moi des embarras?
 Parbleu! le beau système !
 Porte ton compliment
 Au nouveau parlement;
Toujours, toujours, il est toujours le même.

Enfin, un jour, voyons, dis-je en moi-même,
 Par mon labeur,
 Si j'en serai vainqueur;
 J'en arrachai le beur,
 Le lait, après la crême,
 Je lui tordis le bec ,
 Je le croyais à sec :
Toujours, toujours, il est toujours le même.

Robin sur moi règne, a le rang suprême;
 C'est par mon choix
 Qu'il m'a donné des lois;
 C'est la leçon des rois;
 Leur sceptre ou diadème
 Souvent brise en leur main;
 Mais celui de Robin,
Toujours, toujours, il est toujours le même.

LA GALERIE DES FEMMES

DU SIÈCLE.... PASSÉ.

VAUDEVILLE.

Air de la contredanse du ballet des Pierrots.

REFRAIN.

Oser tout dire, oser tout faire,
C'est le bon siècle d'à présent ;
Mais blâmer n'est pas mon affaire :
Rions ; moi, je suis né plaisant.

Faut-il toujours d'un fade éloge
Bercer le sexe en nos chansons ?
Tout n'est qu'un plat martyrologe
De Tircis et de Céladon ;
Quittons de l'ariette imbécile
Le jargon trop accrédité ;
Ramenons l'ancien vaudeville,
Qui dit gaîment la vérité.
Oser tout dire, oser tout faire, etc.

Traitons, sans méthode suivie,
Quelque point joyeux et moral ;
Toujours le même style ennuie,
Eût-on la plume de Pascal.
Chantons les belles, leurs maximes,
Galans forfaits, goûts délicats,
Et quant à leurs vertus sublimes,
Lisons beaucoup monsieur Thomas.

9.

Je vois ce grand panégyriste
Couvert de baisers et de fleurs ;
Et moi, trop badin coloriste,
L'éternel objet des rigueurs.
Qui le craindrait ne connaît guère
Ce sexe et ces retours flatteurs ;
L'art de provoquer sa colère
Conduit souvent à ses faveurs.

Rose, timide, tendre et bonne,
Reçoit son amant dans ses bras ;
L'amant admire, et ma friponne
Devient vaine de ses appas :
N'est-il donc qu'un bon juge au monde?
Dit-elle en trahissant l'amour.
Rose fait si bien qu'à la ronde
Chaque homme l'admire à son tour.

Au sortir de l'Académie,
Le cœur gonflé de sentimens,
On maudirait sa douce amie
Au seul soupçon d'un autre amant;
N'est-il pas plaisant qu'on prétende
Être aimé seul, et le dernier,
Parce qu'une femme est friande
Des premiers feux d'un écolier?

Tant de larmes pour une belle,
Jeune homme, est bien loin de nos mœurs :
Rose a changé, changez comme elle :
Elle est volage... aimez ailleurs.
Nos dames ne sont point cruelles;
Une obligeante urbanité
Tient lieu d'amour, et fait chez elles
Les honneurs de la chasteté.

D'un lien ôter l'importance,
Jouir de tout : voilà leur mot ;
Aux yeux des femmes, la constance
Est presque l'affiche d'un sot :
On vous courait, on vous évite,
D'un autre on a les sens épris ;
Et qu'importe que l'on nous quitte ?
Le grand objet c'est d'être pris.

Dès qu'un jeune homme s'achalande,
La coquette veut l'asservir ;
Pendant que la prude marchande,
La galante court s'en saisir.
Au lieu d'un temple où l'Amour brille,
Cythère aujourd'hui n'est qu'un bois
Où sans pudeur on vole, on pille.
Comme aux finances de nos rois.

Ici la fermière opulente
Défraie un galant de la cour ;
Plus loin, la marquise indigente
S'affuble d'un financier lourd.
La noble vend, la riche achète...
O temps ! ô mœurs ! Amour n'est plus.
Toute femme adore en cachette
Le dieu de Lampsaque ou Plutus.

Distinguons la fille ingénue
De la femme au hardi maintien :
L'une a tout notre sexe en vue,
L'autre ignore même le sien ;
L'une ne rougit pas encore,
L'autre ne sait plus qu'on rougit ;
L'une nous peint la douce aurore,
L'autre un jour ardent qui finit.

Un goût s'éteint, un autre perce,
Pendant qu'un troisième a son cours ;
Joignez les paris de traverse...
Voilà les femmes de nos jours.
J'en connais même une si tendre,
Si délicate dans ses choix,
Qu'elle fait scrupule de prendre
Moins de quatre amans à la fois.

J'en sais une autre plus sensée,
Qui ne s'effarouche de rien ;
Un soir, une foule empressée
Voulut déranger son maintien ;
Sans étonnement, sans surprise,
Elle s'adresse au cercle entier :
Messieurs, sommes-nous dans l'église ?
Me prend-on pour un bénitier ?

Les femmes sur leur contenance
Ont le plus absolu pouvoir ;
On porte au cercle une décence
Qu'on méprise dans le boudoir.
C'est là qu'on donne et prend le change
Sur l'amour et la volupté ;
Là tout plaît, pourvu qu'on s'y venge
Des ennuis de l'honnêteté.

Dans cet oubli de la nature,
Au fort de ses galans ébats,
Si l'on voit rentrer la voiture
De l'époux qu'on n'attendait pas,
Éteignez vite ; on range, on serre,
L'une est morte, l'autre s'enfuit.
Ainsi l'on voit un commissaire
Effrayer des tendrons la nuit.

Mais que les fêtes sont cruelles !
Vieux époux, je plains votre sort
Si vous y conduisez vos belles ;
Les confier... c'est pis encor.
La poule alerte, aisée à vivre,
Perce la foule en arrivant :
Le coq usé, qui ne peut suivre.
Gratte sa tête en l'attendant.

Aux cris que le vieux singe élève,
On la lui rend tout comme elle est ;
Tout comme elle est il vous l'enlève
Aux vœux ardens de vingt plumets,
Plus ravissante qu'Aphrodise
Traînant tout le bal après soi,
Lui coiffé comme on peint Moïse
Chargé des tables de la loi.

Voyez cette dévote altière,
Au teint pâle, au front sourcilleux ;
Déchirer la nature entière
D'un ton humblement orgueilleux ;
Bien est-il vrai que, plus parfaite,
Fuyant le monde et ses attraits,
Elle ne brûle, en sa retraite,
Que pour Dieu seul... et son laquais.

Du même désir animées
De tromper amans et maris,
Deux belles s'étaient tant aimées ,
Qu'on les citait dans tout Paris :
Un fat survient : elles s'abhorrent ;
L'intérêt rompt ce qu'il a joint.
Ma foi, deux belles qui s'adorent,
Tout bien compté, ne s'aiment point.

Chez une duchesse en colère,
L'autre soir un mauvais plaisant
Disait d'une voix de faux frère :
L'auteur est un grand médisant.
Médisant, lui ? c'est cent fois pire.
Pensez-vous qu'un tel chansonnier
Se fût contenté de médire ,
S'il eût pu vous calomnier ?

Point de belles que l'on n'acquière
Ou par de l'or ou par des soins ;
La moindre ou la meilleure affaire
Coûte toujours ; c'est plus, c'est moins ;
Et quant aux mœurs, la différence
Des filles aux femmes d'honneur,
Est celle qu'on remarque en France
Entre l'artiste et l'amateur.

Oh ! si chacune osait écrire
Les bons tours qu'elle se permet,
Quel plaisir on aurait à lire
Cet ouvrage utile et follet !
On y verrait du gai, du leste ;
Pour du sentiment, serviteur !
Car la femme la plus modeste
N'est qu'un vrai page au fond du cœur.

Vous changeriez bien de système ,
Me dit un Céladon d'amant,
Si je nommais celle que j'aime...
Ah ! c'est une âme, un sentiment !
C'est la vertu la plus auguste...
Je reconnais son pavillon :
La friponne s'est peinte en buste ;
Tu n'as vu que son médaillon,

Vous, jeune homme que je conseille,
Gardez-vous bien de me citer ;
Ce que je vous dis à l'oreille
Ne doit jamais se répéter.
Retenez ce bon mot d'un sage,
Des mœurs il est le grand secret :
Toute femme vaut un hommage,
Bien peu sont dignes d'un regret.

Pour égayer ma poésie,
Au hasard j'assemble des traits ;
J'en fais, peintre de fantaisie,
Des tableaux, jamais des portraits.
La femme d'esprit qui s'en moque
Sourit finement à l'auteur ;
Pour l'imprudente qui s'en choque,
Sa colère est son délateur.

Sexe charmant, si je décèle
Votre cœur en proie au désir,
Souvent à l'amour infidèle,
Mais toujours fidèle au plaisir,
D'un badinage, ô mes déesses !
Ne cherchez point à vous venger :
Tel glose, hélas ! sur vos faiblesses,
Qui brûle de les partager !

FIN.

TABLE DES MATIÈRES.

FIN DE LA TABLE.

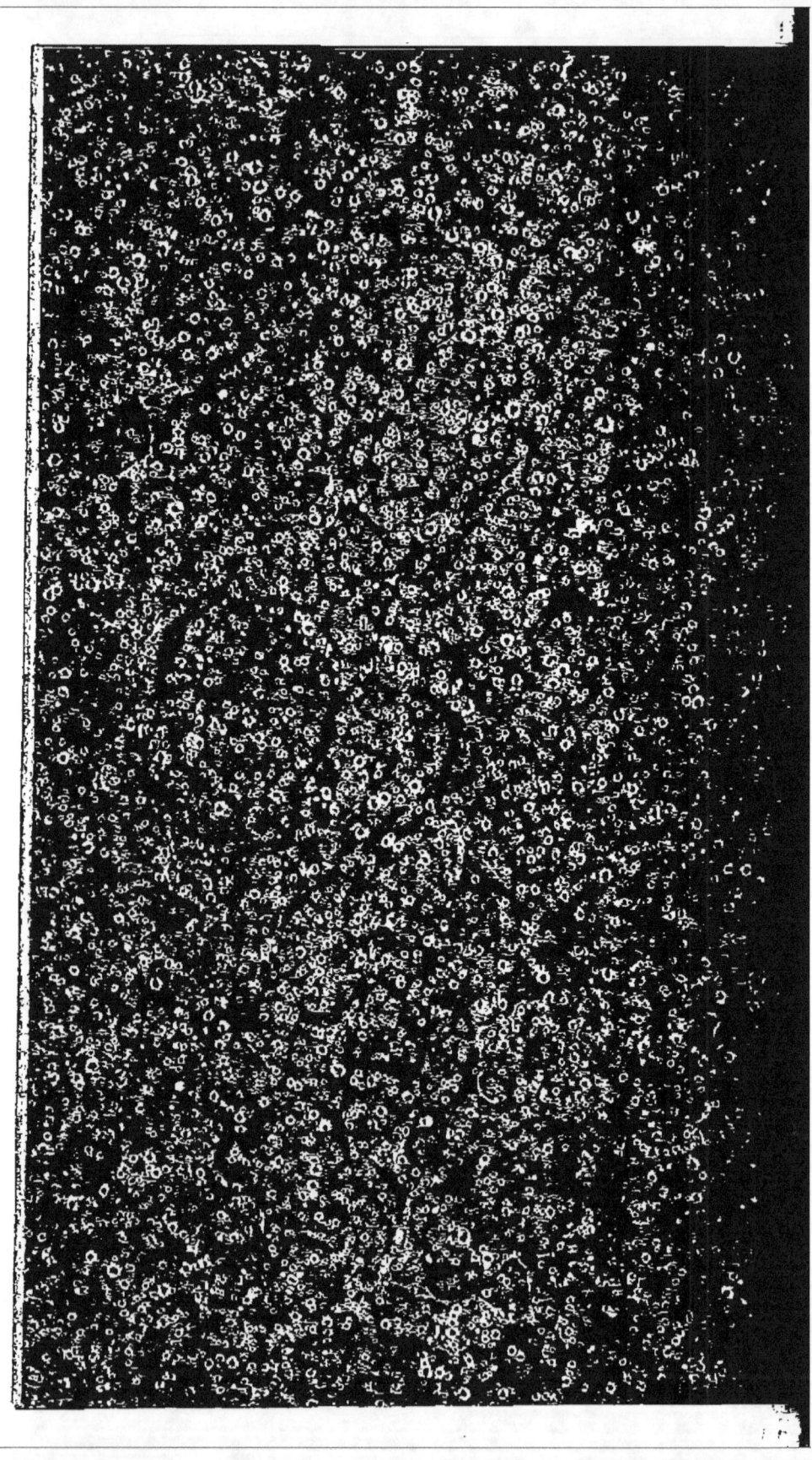

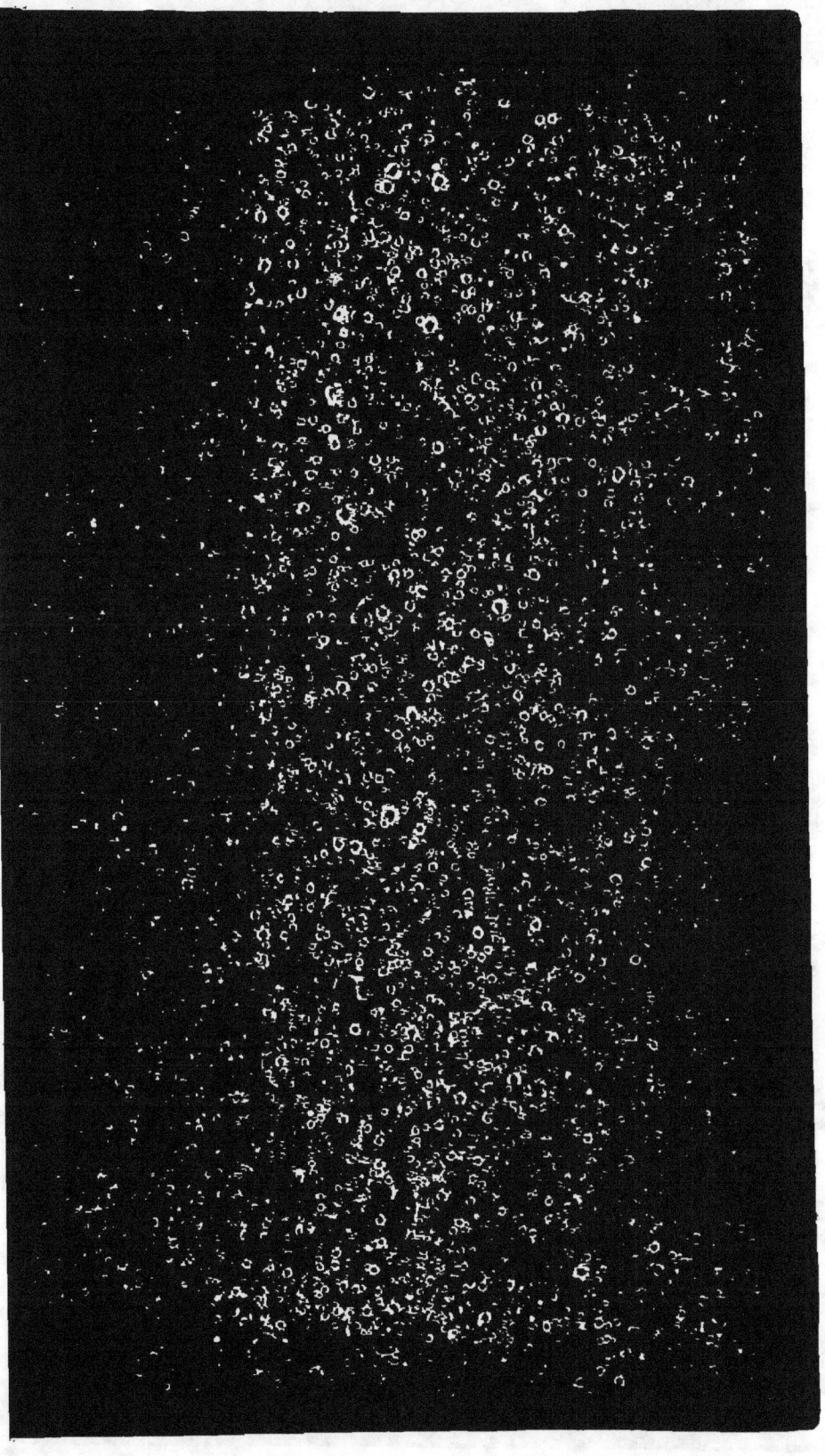